AF293161

Tucholsky Wagner Zola Scott Sydow Freud Schlegel
Turgenev Fonatne Wallace
Twain Walther von der Vogelweide Fouqué Friedrich II. von Preußen
Weber Freiligrath Frey
Kant Ernst
Fechner Weiße Rose von Fallersleben Richthofen Frommel
Fichte Hölderlin
Engels Fielding Eichendorff Tacitus Dumas
Fehrs Faber Flaubert Eliasberg Ebner Eschenbach
Feuerbach Maximilian I. von Habsburg Fock Zweig
Ewald Eliot Vergil
Goethe Elisabeth von Österreich London
Mendelssohn Balzac Shakespeare Dostojewski Ganghofer
Lichtenberg Rathenau Doyle Gjellerup
Trackl Stevenson Hambruch
Mommsen Tolstoi Lenz Droste-Hülshoff
Thoma Hanrieder
Dach Verne von Arnim Hägele Hauff Humboldt
Karrillon Reuter Rousseau Hagen Hauptmann Gautier
Garschin
Defoe Hebbel Baudelaire
Damaschke Descartes
Hegel Kussmaul Herder
Wolfram von Eschenbach Dickens Schopenhauer
Bronner Darwin Melville Grimm Jerome Rilke George
Campe Horváth Aristoteles Bebel Proust
Bismarck Vigny Barlach Voltaire Federer Herodot
Gengenbach Heine
Storm Casanova Tersteegen Grillparzer Georgy
Chamberlain Lessing Langbein Gilm Gryphius
Brentano Lafontaine
Strachwitz Claudius Schiller Kralik Iffland Sokrates
Bellamy Schilling
Katharina II. von Rußland Gerstäcker Raabe Gibbon Tschechow
Löns Hesse Hoffmann Gogol Wilde Vulpius
Luther Heym Hofmannsthal Gleim
Roth Klee Hölty Morgenstern
Luxemburg Heyse Klopstock Kleist Goedicke
La Roche Puschkin Homer Mörike
Machiavelli Horaz Musil
Navarra Aurel Musset Kierkegaard Kraft Kraus
Nestroy Marie de France Lamprecht Kind Kirchhoff Hugo Moltke
Laotse Ipsen Liebknecht
Nietzsche Nansen Ringelnatz
Marx
von Ossietzky Lassalle Gorki Klett Leibniz
May vom Stein Lawrence Irving
Petalozzi Knigge
Platon Pückler Michelangelo Kafka
Sachs Poe Kock Korolenko
de Sade Praetorius Mistral Zetkin Liebermann

Der Verlag tredition aus Hamburg veröffentlicht in der Reihe **TREDITION CLASSICS** Werke aus mehr als zwei Jahrtausenden. Diese waren zu einem Großteil vergriffen oder nur noch antiquarisch erhältlich.

Symbolfigur für **TREDITION CLASSICS** ist Johannes Gutenberg (1400 — 1468), der Erfinder des Buchdrucks mit Metalllettern und der Druckerpresse.

Mit der Buchreihe **TREDITION CLASSICS** verfolgt tredition das Ziel, tausende Klassiker der Weltliteratur verschiedener Sprachen wieder als gedruckte Bücher aufzulegen – und das weltweit!

Die Buchreihe dient zur Bewahrung der Literatur und Förderung der Kultur. Sie trägt so dazu bei, dass viele tausend Werke nicht in Vergessenheit geraten.

Nach berühmten Mustern

Fritz Mauthner

Impressum

Autor: Fritz Mauthner
Umschlagkonzept: toepferschumann, Berlin

Verlag: tredition GmbH, Hamburg
ISBN: 978-3-8424-9190-8
Printed in Germany

Rechtlicher Hinweis:
Alle Werke sind nach unserem besten Wissen gemeinfrei und unterliegen damit nicht mehr dem Urheberrecht.

Ziel der TREDITION CLASSICS ist es, tausende deutsch- und fremdsprachige Klassiker wieder in Buchform verfügbar zu machen. Die Werke wurden eingescannt und digitalisiert. Dadurch können etwaige Fehler nicht komplett ausgeschlossen werden. Unsere Kooperationspartner und wir von tredition versuchen, die Werke bestmöglich zu bearbeiten. Sollten Sie trotzdem einen Fehler finden, bitten wir diesen zu entschuldigen. Die Rechtschreibung der Originalausgabe wurde unverändert übernommen. Daher können sich hinsichtlich der Schreibweise Widersprüche zu der heutigen Rechtschreibung ergeben.

Nach berühmten Mustern.

Parodistische Studien

von

Fritz Mauthner.

Dreiundzwanzigste Auflage.

Stuttgart.

Verlag von W. Spemann.

Meinen lieben Originalen

in

herzlicher Verehrung

zugeeignet

Die folgenden Skizzen verdanken einer vielleicht allzu gründlichen Vertiefung in die Meisterwerke unserer großen Dichter ihr Entstehen. Es war Neckerei aus Liebe. Es ist ein häufiger Fluch, der auch Männer zwingt, wie in den Kinderjahren das Spielzeug auseinander zu nehmen, damit sie erfahren, wie es inwendig aussieht. Mit welcher Begeisterung hat der Verfasser z. B. Gustav Freytag's herrliche »Ahnen« gelesen. Aber je weiter ich im Texte gelangte, desto deutlicher lugte zwischen den Zeilen ein kleiner Kobold hervor. Erst bannte er mich bei Stellen von hervorragender Schönheit und erklärte mir ernsthaft die Griffe und Kniffe der Technik, durch welche der Meister mich hier erschüttert, dort erheitert hatte, dann führte er mich mit heuchlerischer Andacht in des Dichters Arbeitszimmer, ließ mich dort das Handwerkszeug desselben betrachten und versuchen, und als ich mich von dem Muthwillen des Kindes endlich hatte verleiten lassen, auf dem Sorgenstuhl Platz zu nehmen und die ehrwürdige Autographenfeder zu ergreifen, da setzte sich der Kobold auf's Tintenfaß, schnitt mir Gesichter und machte sich über den Hausherrn lustig.

Die ersten Nummern dieser kleinen Sammlung wurden im »Deutschen Montagsblatt« unter der freundlichen Pathenschaft von Arthur Levysohn gedruckt. Vom Redakteur und von den Lesern ermuntert, fortzufahren, ließ ich mich verleiten, auch Art und Weise von Schriftstellern nachzuahmen, die trotz einiger Berühmtheit nur den Anspruch erheben konnten, abschreckende Muster zu sein. So kam es, daß einzelne Autoren in dieser Sammlung Aufnahme fanden, deren Berühmtheit selbst zur Zeit ihrer Blüthe stark angezweifelt werden kann und nach wenigen Jahren sicherlich vergessen sein wird. So konnte neben dem tiefen Berthold Auerbach, dessen Name nicht nur der alphabetischen Ordnung zu Liebe an erster Stelle steht, mancher Unwürdige Platz finden.

Es wäre mir eine besondere Ehre, wenn sich auch die Kritik mit meinem Büchlein beschäftigen wollte, das ja selbst wieder eine Art exemplarischer Kritik ist. Solchen Richtern, die keine überraschenden Federwendungen lieben, erlaube ich mir folgende Sätze zum Anfang ihrer Besprechungen zu empfehlen. »Wenn die Könige bau'n, haben die Kärrner zu thun.« – »Die Periode der literarischen Rücksichtslosigkeiten hat schon wieder einmal u. s. w.« –

Soll ich meine berühmten Muster wegen der Freiheit, die ich genommen, um Entschuldigung bitten? Oder soll ich mir für die Anerkennung ihres Ruhmes ihren Dank votiren lassen? Hätte ich sie vor der Veröffentlichung um ihre Meinung fragen sollen? Nach meinen bisherigen Erfahrungen wäre die Publikation jeder einzelnen dieser zehn Parodien mit neun Stimmen gegen eine gebilligt worden.

Ein berühmter Schriftsteller, den ich darüber befragte, ob die Empfindlichkeit seiner Collegen nicht zu schonen wäre, antwortete mit warm hervorbrechender Herzlichkeit. »Liebster Freund, ich bin *nicht* empfindlich!« –

Und somit sei dies Schriftchen den bisherigen und den neuen Lesern auf's Herzlichste empfohlen. Wenn einige Freunde sich unter ihnen finden sollten, welche meinen Scherz ernsthafter nehmen und hinter dem harmlosen Spott Spuren eines Kampfes gegen dunkle Schatten unserer literarischen Republik vermuthen, so haben sie es sich allein zuzuschreiben.

Berlin, im November 1878.

F. M.

Berthold Auerbach.

Der Meister wird es gern verschmerzen,
Aefft ihn der Lehrling unter Scherzen.

Walpurga, die thaufrische Amme.

Der Bauer nieste.

Die Bäuerin blickte stolz auf ihre stattliche Tochter Walpurga, als wollte sie sagen: Welch ein weltkluger Mann.

Der Bauer schien befriedigt von dem Eindrucke seiner Aeußerung. Er fügte hinzu:

»Und noch ein gutes Wort will ich Dir für Deine Reise schenken: Du sollst nicht stehlen!«

Die Bäuerin glättete erschüttert ihre Schürze; ihr war es, als hätte sie den Geist ihres Mannes niemals genug gewürdigt. Nun wünschte sie, alle Nachbarn könnten es hören, wie warmherzig und neudenkend der Bauer gesprochen.

Jetzt ergriff Walpurga ihr Bündel und das Wort: »Lebt wohl, Ihr Lieben, Guten! Und ich möchte es, was mein Herz so voll macht, noch anders ausdrücken. Also: Auf Wiedersehen. Oder noch anders: Behüt' Euch Gott. Oder noch anders: Adje!«

Die Bäuerin blickte auf ihren Mann, als meinte sie: »Was sagst Du zu diesem Sinnreichthum?« doch der Bauer verwies ihr das Vielreden.

Walpurga verließ die wohnhafte Stube, nachdem sie noch ihrem Muttersmann und ihrer Vatersgattin einige herzfrohe Bemerkungen zurückgelassen hatte. Sie ging starkgeistigen Schrittes zwischen Hühnern und Gänsen die düngerduftige Dorfstraße hinab und zum Dorfe hinaus. Alle Leute grüßten das thaufrische Mädchen; denn sie war fürstliche Amme geworden.

Draußen, unter der alten Linde, erwartete sie Einer. Es war der Josef vom Brennerhof. Dessen Jacke war schwarz von Kohlenruß und auch sein Gesicht zeigte, um die Augen herum, Streifen von Kohlenruß. Walpurga schloß scharfsinnig, daß er geweint und sich mit den Aermeln der Jacke die Augen gewischt habe. Uebrigens hatte sie es gesehen.

»Mädle,« rief er aus tiefster Brust, »fühlst Du denn keine Reue in Deinem Herzen?«

Walpurga blieb stehen. Josef sah aus dem feuchten Glanze ihrer Augen, daß ein schöner Gedanke in ihr neu entstanden war. Noch suchte sie vergebens, ihn zu formen. Jetzt zuckte es um ihre Lippen, jetzt rötheten sich vor Freude ihre Wangen. Sie hatte die Form gefunden und sprach:

»Guten Morgen, Josef.«

Josef rieb die Handflächen zusammen, um sich Muth zu machen; dann sprach er:

»Ich geh' ins Wasser, wenn Du fürstliche Amme wirst! Schau, Mädle, ich glaube ja an Dich und Deine Reinheit, aber die bösen Andern, besonders der Gruber mit der platten Nase, die hänseln mich und sagen: Ein rechter Bub soll keine Amme lieben. Gelt, Du thust mir die Lieb' und wirst nit Amme?«

Walpurga blickte erst sanft und still auf sich selbst, auf ihre kindlich schlanke Gestalt, dann hob sie die Augen gegen ihn und schaute zu ihm empor so keusch, daß er erschrak.

»Du Stürmischer,« sprach sie, »Du Wilder und doch Guter, Reiner! Sie haben Dich bethört. Ich nenne sie die Pessimisten. Sie haben Dein reines Herz gefangen genommen. Sie haben Dir gesagt, daß ich Deiner nicht werth sei.«

Walpurga warf ihren blonden Zopf nach rückwärts, als wollte sie sagen: So verachte ich Euch! Dann fuhr sie fort:

»Dir allein will ich sagen, wie ich es zur fürstlichen Amme gebracht habe. Der Fürst wollte für seinen zu erwartenden hohen Sprößling eine Amme, deren kindliches Gemüth noch durch keinen Schatten von Leidenschaft getrübt war, damit der Säugling rein erhalten bleibe. Es wurde also ein braves Mädchen gesucht, das noch nie einen Fehltritt begangen, noch nie seine Eltern gekränkt hatte. Sie durfte noch nie krank gewesen sein und mußte die besten Schulzeugnisse aufzuweisen haben. Du kennst mich, Josef, ich war immer die beste Schülerin im Schönschreiben: darum muß ich als Amme gehen.«

Josef schaute bewundernd zur Sprecherin hinunter; Walpurga freute sich, daß er sie weitersprechen ließ, und fuhr fort:

»Hätte ich etwa die hohe Ehre ausschlagen sollen? Nein, Josef, auch ich fühle etwas vom Hauche der neuen Zeit in meinem Herzen. Des neuen deutschen Reiches Herrlichkeit ist mir aufgegangen, als mein Vater zu mir sagte: Geh und nähre die Zukunft deines Landes! Hätte ich vielleicht das hohe Amt von mir weisen sollen? Nein, Josef, Du wirst nicht verlangen, daß ich des Vaterlandes nur einen Augenblick lang vergesse, um einem Einzelnen zu genügen! Ich fühle mich in diesem Augenblicke alleins mit dem Ganzen, ich fühle die Ganzheit in mir. O, mein Spinoza! Josef, völlig verstehst Du mich nicht!«

»Da hast Du ein schönes Wort gesprochen,« sprach Josef traurig. »Wenn Du mich aber nicht zum Optimisten machst, so daß ich Deinen Worten glauben kann, so bleibt mir doch nichts übrig, als in's Wasser zu gehen.«

Josef hatte noch einen guten Einfall. Aber derselbe klärte sich zu keinem festen Gedanken. Darum ging Josef seiner Wege, um ein Wasser zu suchen, darin zu ertrinken . . .

Walpurga aber gefiel bei Hofe gar herzlich. Sie kannte die Welt nicht, sie wußte nichts von Liebe, nichts von Luxus, nichts von Anstand. Sie war eine thaufrische Amme.

Der hohe Säugling und seine Amme konnten mit einander zufrieden sein. Er lachte über Alles, was sie ihm erzählte, und sie hörte nicht auf, derb und kräftig mit ihm zu schwatzen. Manches gute Wort hörte er da von seiner zweiten Mutter.

Wenn er aber schlief und ihr dann verboten wurde zu schwatzen, da schlich sie sich hinaus, setzte sich in das tragfeste Gezweig eines alten fürstlichen Birnbaumes und schrieb so ihre besten Einfälle nieder.

Aus dem Tagebuche Walpurga's.

Zwei mal zwei ist vier. Bei uns! Ob auch anderswo?

Es giebt arme Leute und reiche Leute auf Gottes allfreier Welt. Wohl dem, der es nicht ist.

Es ist eine Aehnlichkeit zwischen dem Boden der fürstlichen Säle und dem winterlichen Eise auf dem Dorfteich. Wer ausgleitet, fällt hin. Es giebt auch einen Unterschied. Welchen aber?

Wir sind Alleins, ich und Jedes. Selbst ein Floh hat Theil an mir und wenn man ihn quält, so thut es mir weh, als geschähe mir selbst ein Leid. Aber nicht so stark.

Mein hoher Säugling war heute sehr durstig. Ich aber sage: Gut und Milch für König und Vaterland! Ein gutes Wort, das ich einst meinen Kindern hinterlassen will.

Ich wollte, ich hätte Papier genug, um all' die warmquellenden, schönen Worte aufzuschreiben, die mir einfallen.

Alles hat mich hier lieb, um meiner Naivetät willen. Um mir dieselbe zu erhalten, lese ich täglich gute Dorfgeschichten oder gediegene Werke über die naive Volksseele.

* * *

Heute bewunderte der Herr Hofdichter meine Bemerkung: »Alte Liebe rostet nicht.« Ein schönes Wort; ich schenkte es ihm.

* * *

Ich habe Heimweh. Heute sah ich auf der Spazierfahrt ein Ochsengespann vor einem Heuwagen. Ich mußte an Josef denken und sein Mißtrauen.

* * *

Was war in der langen Zeit aus Josef geworden?

Kaum hatte Walpurga von ihm Abschied genommen, als er daran ging, den Tod in den Wellen zu suchen.

Er ging zum Dorfteich. Da fiel ihm ein, daß dort die Pferde zur Tränke gingen und er wollte ihnen ihr Wasser nicht verunreinigen.

Er ging zum Forellenbach. »Die waltende Nemesis,« rief er. »Die Fische sollen mich verzehren, die ich mit solcher Lust vernichtet habe.« Und er legte sich in den Bach und hielt den Kopf unter's Wasser. Als aber sein Athem zu stocken begann, stieg er wieder ans Land.

Er folgte dem Bach bis zum nächsten Fluß. Da fiel ihm ein, man würde glauben, er habe geglaubt, man würde ihn wieder aus dem Wasser ziehen; denn der Fluß war sehr belebt. Er aber wollte nicht als verunglückter Selbstmörder sein Leben verbringen und folgte dem Flusse bis zur Hauptstadt.

Dort steht er auf der Brücke und nimmt bereits die schickliche Stellung ein, um hineinzutauchen in die feuchte Urmutter des Lebens. Da naht ein fürstlicher Wagen. Es ist Walpurgas letzte Ausfahrt mit dem hohen Säugling, der morgen schon seiner Amme vom Busen gerissen werden soll. Walpurga blickt in eine freudenlose Zukunft. Dabei ist ihre Erscheinung so unschuldig, so ungeboren-rein, daß der Hofdichter ihr den Uebernamen »Walpurga, die thaufrische Amme« auferfunden hat. Da erschaute sie ihren Josef, der zum letzten Male die kleine Baarschaft nachzählt, die er in das Reich der All-Einheit mitnehmen will.

»Josef!« ruft sie. »Hier ist Dein Mädle!«

Josef blickte sich um. Er sah den hohen Säugling an dem zarten Busen des thaufrischen Mädchens, er sah die Zukunft des Vaterlandes Eins geworden mit dem jungfräulichen Ziele seiner selbstischen Sehnsucht, er sah sich begnadigt, verwandt zu werden den höchsten Gefühlen des Patrioten durch seinen Glauben an Walpurga. Er konnte sein trunkenes Auge nicht trennen von dem hohen Säugling und seinem zaghaft wogenden Lager. Auf die Kniee stürzte er hin und es rief aus ihm:

»Mädle, Mädle, Du bischt die reinste Amme meines ganzen Lebens!«

Der hohe Säugling lächelte den Glücklichen, Seligen huldvoll zu. Langsam ließ er sein zukunftsreiches Händchen von dem zart knospenden Pfühl heruntergleiten, auf welchem es geruht, zweimal wischte er sich mit dem Rücken des Händchens den fein geschnittenen Mund und sagte: »Es ist doch ein braves, tüchtiges Volk.«

Das war ein gutes Wort.

Georg Ebers.

Mumienmoder, Todtengraus –
Maskenscherze lächeln draus.

Blaubeeren-Isis.

Eine Erzählung aus dem alten Ägypten.

Die Sonne[1] schien glühend nieder auf das Land der Pharaonen. Es war kurz nach dem großen Siege des Pharao Wilih-Elempsi I., welcher ganz Nordägypten unter seinem Szepter vereinigte; nur Südägypten widerstrebte noch, sonst könnten wir bereits von einem einigen »ägyptischen Reiche« sprechen. Feindliche Nachbarn waren emsig bemüht, das Werk der Einigung zu hintertreiben. Im Westen lauerte der tückische König der Frenkis; er hatte eine krumme Nase und dickbäuchig, mattäugig, schnurrbartspitzig war sein Ausdruck. Im Süden, jenem verbunden, nährte der Oberpriester Klephth IX.[2] die Unzufriedenheit der Südägypter.

Ua-Ghusta, ein holdes Mädchen aus der Kaste der Weißnäherinnen[3] , unterließ es niemals, am heiligsten Tage des Jahres die Todtenstadt zu besuchen, allwo sie die Grüfte der drei Bräutigame, deren sie bereits genossen, mit geweihten Oelen zu benetzen beflissen war. Weißnäherin war sie und weiß war darum ihr Gewand,

---

[1] Hieroglyphische Inschriften in dem ältesten Tempel von Memphis machen es höchst wahrscheinlich, daß schon in so entlegenen Zeiten die Sonne auf die Erde geschienen habe. Es ist darum gar kein Grund vorhanden, weßhalb es nicht auch Photographen gegeben haben sollte.

[2] Ein Fries im Tempel von Gizeh stellt einen Zug von Priestern dar, in welchem, gemäß den Gesetzen des Basreliefs, einer auf den andern folgt. Es steht nichts im Wege, den neunten in der Reihe dadurch auszuzeichnen, daß wir ihn, wenn er wirklich Klephth hieß, »Klephth IX.« nennen. Gewiß ist, daß im alten Aegypten die Zahl 9 bereits bekannt war. Siehe: Ebers, Aegypten, Seite 9.

[3] Die Binden von Linnen, in welche die Mumien eingehüllt sind, lassen keinen Zweifel darüber, daß es eine Kaste der Weißnäherinnen im alten Aegypten gegeben hat. Ob auch Nähmaschinen? Ich persönlich bin der festen Ueberzeugung, daß eine vollständig verwitterte Zeichnung auf dem bekannten Obelisk »Nadel der Kleopatra« eine solche Nahmaschine darstellt. Warum hieße das Werk sonst auch »Nadel der Kleopatra«?

wie das Gewand der Göttin Isis. Nach gethaner Arbeit pflegte sie auf einem öden Felde hinter der Todtenstadt zu rasten und nach dem Geliebten ihrer Seele auszublicken. Blaubeeren[4] wuchsen reichlich auf dem Felde. Den Genuß derselben hatte der weise Arzt Nebbsicht ihr gerathen, denn derselbe war Homöopath[5] und wußte Bescheid in den Heilkräften der Natur.

Als die schlanke Ua-Ghusta eines morgenländischen Abends einmal wieder also dasaß, betraten drei Kinder[6] das Feld, um Blaubeeren zu suchen. Neben Ua-Ghusta aber weidete eben eine liebliche Kuh[7] . Da zweifelten die Kinder nicht im Mindesten, sondern stürzten auf die Kniee nieder und beteten zu der Göttin Isis. Und eilten nach Memphis und berichteten daselbst, daß sie die ehrwürdige Allmutter Isis mit ihrer Kuh auf dem Blaubeerenfelde geschaut hätten.

Neben dem Blaubeerenfelde stand von Alters her das Wirthshaus[8] »zur Isis«. Dasselbe hatte von Stund' an großen Zuspruch, da die Einwohner von Memphis begierig waren, die Allmutter Isis zu sehen. Da trat Ua-Ghusta aus der Kaste der Weißnäherinnen aus und wurde Isis. Sie erhielt vom Wirthe »zur Isis« ein auskömmliches Gehalt und mußte dafür des Abends in seinem Sommergarten

---

[4] Eine genaue Untersuchung des berühmten Papyrus Cactus L. im britischen Museum läßt es als Thatsache erscheinen, daß die alten Aegypter die süße Frucht der Blaubeere und ihre heilsame Wirkung wohl gekannt haben.

[5] Es ist bekannt und durch die dichtbevölkerten Todtenstädte bewiesen, daß es Homöopathen und andere Aerzte schon im alten Aegypten gegeben hat. Siehe: Papyrus Ebers.

[6] Die Existenz von Kindern im alten Aegypten zu bestreiten, kann nach den eingehenden Forschungen von Champollion und Lepsius nur eingefleischten Skeptikern einfallen. Schon die Auffindung zahlreicher Kindermumien ist für mich beweiskräftig.

[7] Die Kuh war das heilige Thier der Isis. Ihr Gatte hieß Osiris. Unter den alten Aegyptern lebten, wie zahlreiche Bildwerke beweisen, Kühe und Ochsen in großer Zahl.

[8] Leider gab es im alten Aegypten auch Wirthshäuser, und zwar wurden dieselben sowohl von Männern als von Frauen besucht. Mein gelehrter Kollega, der in Assyrien das Wirthshaus »zum schwarzen Walfisch« entdeckt hat, ist noch den keilschriftlichen Beweis für seine Namengebung schuldig geblieben. Uebrigens war das Trinken im alten Aegypten auch verboten. Papyrus Anastasi IV.

unter dem Schatten von Platanen und Sykomoren[9] zum Klange ihrer Harfe[10] tanzen und singen.

Mit Trauer nur vernahm Ua-Ghusta's Geliebter den Standeswechsel seiner Herzensblume[11] . Er hieß Me-Jer und gehörte der Kriegerkaste an. Doch durfte er jetzt nicht an Liebesangelegenheiten denken. Krieg war entbrannt zwischen seinem Herrn, dem Pharao Wilih-Elempsi I., und dem Könige der Frenkis. Zu gleicher Zeit erhob sich der Oberpriester Klephth IX., um die unzufriedenen Südägypter gegen den Pharao zu empören.

Wild wogte Kampf. »Was kraucht dort im Nilschlamm herum?« fragten einander mit besorgter Miene die Heerführer. »Es ist, es ist Nephtherium!« antwortete brüllend wie aus einem Munde die Kriegerkaste. Und mitten aus dichtestem Pulverqualm[12] hervor rissen sie den König der Frenkis und Me-Jer legte den Gefangenen selbst nieder zu den Füßen seines Herrn. Großer Ruhm ward ihm dafür. Er aber gedachte am Lagerfeuer nicht seines Ruhmes, sondern seiner fernen Ua-Ghusta und ihres Standeswechsels. Streng hatte der Wirth »zur Isis« ihr das Heirathen verwehrt.

Indessen zitterte in seinem Tempel der Oberpriester vor den Folgen des Sieges. Wirkungslos verhallten seine heftigsten Verwünschungen in den öden Hallen des Vorhofes. Auf den Pylonen vor dem Tempel standen zwar Blitzableiter[13] gegen die Blitze aus Gewitterwolken; aber gegen Blitze aus heiterem Himmel war der Oberpriester schutzlos.

---

[9] Hehn, Kulturpflanzen &c.

[10] Wiikinson, II. 20.

[11] Die alten Aegypter pflegten Vergleiche aus dem Pflanzenreiche anzuwenden, wenn sie verliebt waren.

[12] Ob die alten Aegypter das Pulver kannten? Unbedingt. denn das Nitroglycerin war noch nicht erfunden. Auch hatten sie schon Regeln zur Behandlung von Hieb- und Stichwunden aufgestellt.

[13] Eine gelehrte Alterthumsforscherin hat überzeugend nachgewiesen, daß die alten Aegypter den Gebrauch der Blitzableiter kannten. Siehe: Vossische Ztg. 1877. Gewiß ist, daß sich an den Pylonen Krammen oder etwas Anderes befand, an welchem eine Art von Stangen oder sonst irgend etwas Anderes befestigt werden konnte.

Schrecklich die Folgen. Mehr und mehr schwand der Glaube an das Wunder der Isis. Die Papyrus-Blätter, welche Nachrichten vom Kriege brachten, wurden gekauft und gelesen. Niemand ging mehr hinaus hinter die Todtenstadt, um die Isis zu sehen. Das Wirthshaus »zur Isis« verödete, während das Wirthshaus »zum Pharao« neu aufblühte. Bald mußte der Wirth »zur Isis« zuschließen und Ua-Ghusta nähte wieder für mäßigen Lohn Verbandzeug für die Verwundeten und Mumienbinden für die Todten. Traurig saß sie oft auf dem Blaubeerenfelde und schaute nach ihrem Geliebten. Als sie so einmal in ihrem Schmerz versunken der Außenwelt nicht achtete, ergoß sich freundlich eine gewaltige Ueberschwemmung des Nils über die Felder. Plötzlich sah sich Ua-Ghusta rings von allerdings sehr furchtbarem Wasser umgeben. Der erhöhte Fleck Landes, auf welchem sie saß, wurde immer kleiner, das Wasser stieg immer höher. Sie war verloren.

An diesem Tage hielt der Pharao mit seinen Truppen einen glänzenden Einzug in Memphis. Auch Me-Jer befand sich unter den Rückkehrenden. Er war entschlossen, die ehemalige Weißnäherin nicht mehr zu heirathen. Denn er war ein Verehrer des Kulturkampfes[14] und haßte die Isis.

Traurig wanderte er hinaus in das Wirthshaus »zur Isis«, um seinen Gram zu vergessen. Doch da war nichts als Wasser. Entsetzt wollte er umkehren. Da –

Kühn stürzte er sich in die Wogen und trug seine wiedergewonnene Geliebte in seinen Armen auf das Trockene, umarmte sie und sie waren fortan glücklich mit einander.

---

[14] Der Kulturkampf im alten Aegypten. (Siehe: Ebers, Uarda.)

Karl Emil Franzos.

»Von Asiens entlegner Küste«
Die alten Freuden, Leiden, Lüste.

Der blonde Jainkef.

Ein Unculturbild aus Halb-Asien.

Mein Herz ist mein Tintenfaß. Ich tauche meine Feder in mein Herz, denn ich will meinen Leser nicht unterhalten, nicht spannen und nicht durch erfundene Märchen um seine Zeit betrügen. Es ist meine Mission, die Cultur nach Osten zu tragen, dorthin, wo die Menschheit jeglicher Confession von den barbarischen Russen mit Füßen getreten wird. Meine ganze literarische Thätigkeit seit dem Tage, an welchem ich zuerst ein ungeduldiges Papier freudig unter meiner Feder knistern hörte, ist ein Kampf gegen diese Russen. Ich hasse sie nicht, ich verachte sie . . .

Meine Britschka hielt vor einer einsamen Schenke auf der weiten melancholischen Steppe. Ich stieg ab um nachzusehen, ob es hier Nichts zu dichten gäbe. Der Wirth in seinem langen schwarzen Kaftan nahte mir unter Bücklingen. Eine merkwürdige Menschenfigur! Man hätte ihn ohne seine weißen Haare für einen Jüngling halten können.

Er war ein Jüngling.

Aus seinem jugendfrischen Antlitz, hinter welchem sich ein entsetzlicher, zehrender Gram verbarg, ragte eine Nase hervor. Die längste, krummste, beleidigendste Nase, die jemals den geistvollen Ausdruck eines semitischen Angesichtes verunstaltet hat. Man hätte ihn ohne diese Nase für einen Apollo halten können.

Er war ein Apollo . . .

Was mir der blonde Jainkef in der folgenden grauenvollen Nacht anvertraut und bei den Gebeinen des König David beschworen hat, das ist so menschenunwürdig, so teuflisch, daß meine Hand sich ballt, während ich es niederschreiben will, und daß mein Papier fließt, um die Züge einer solchen Unthat nicht deutlich aufnehmen zu müssen.

Doch ich muß! Meine Mission zwingt mich den Ekel zu überwinden, ich *muß*, ich muß und koste es mein Leben . . .

Vor wenigen Jahren noch war der zwanzigjährige Jakob, mein heutiger Wirth, der schönste Mann in der Judengemeinde von Barnow. Er hieß in Freundeskreisen nur »der blonde Jainkef«, denn sein Haar war licht und floß in goldenen Locken üppig bis auf die Schultern nieder. Mitunter fiel wohl auch ein Löckchen über die Stirn bis auf die Nase hinab.

Welch eine Nase! Es war eine Nase, so klassisch gebildet, als hätte ein griechischer Bildhauer sie dem blonden Juden von Barnow über den Mund gesetzt. Des blonden Jainkef Nase war sein Talisman, sie war der Stolz seiner Mutter, sie war der Triumph von Barnow, sie war das Idol der schönen Mirjam. Und diese Nase – oh es schmerzt, es schmerzt, aber ich muß. Ich *muß*.

Mirjam war seit ihrer Geburt, nämlich seit dreizehn Jahren, die Braut des Blonden. Im nächsten Sommer sollte die Hochzeit gefeiert werden. Da ereignete sich das Scheußliche.

Der alte Graf Hatschizisoff hatte ein Auge auf das Mädel geworfen. Gras Hatschizisoff war ein feiner Cavalier. Zwar hatte er einmal seinen Lakaien erschossen, aber das war nur aus Gutmüthigkeit geschehen, weil er eine Fliege treffen wollte, die den schlafenden Burschen an der Schläfe kitzelte. Auch prügelte er häufig sein Weib, freilich nur um ihr theures Pelzwerk von den Motten zu befreien. Und wenn der Herr Graf seine Gläubiger die Treppen hinunter warf, daß sie die Füße brachen, so geschah es nur, um dem armen Chirurgus reiche Patienten zu schaffen. Und wenn er den Schnaps seiner eigenen Fabriken in allzu großen Portionen vertilgte, so dachte er dabei nur an den Staat, dessen Einnahmen er durch Verbrauch eines so kostbaren Steuerobjekts wesentlich vermehrte. Jawohl, der Graf Hatschizisoff war ein feiner Cavalier. Und er bewies es an Jainkef.

Eines Abends drang er in die Hütte der schönen Mirjam, um dieselbe ihren Eltern abzukaufen. Die Eltern hatten jedoch keine Macht über das üppige Mädchen. Mirjam selbst öffnete muthig die Thür, um dem Grafen den Weg zu weisen. Er gerieth in den äußersten Zorn.

»Ihr Flöhe der Schöpfung!« schrie er, indem er dem Vater Mirjams seinen halben ehrwürdigen Bart ausriß. »Ihr wagt es, Euch dem Väterchen Hatschizisoff zu widersetzen? Wißt Ihr, wer ich bin und wer Ihr seid? Ich bin der Herr dieses Landes und Ihr seid die kleinsten Raupen auf dem kleinsten Blatte des kleinsten Kohlkopfs auf dem kleinsten Felde dieses Landes!«

Der Vater redete Mirjam zu. Ja, ich muß es mit zuckendem Herzen bekennen, nicht nur die Russen in Rußland sind Russen, sondern auch die Juden sind halbe Russen.

Die edle Mirjam aber fing an zu weinen.

– »Eher stürz' ich mich in Don und Donau, als daß ich meinem schönen blonden Jainkef treulos werde!«

Bei dem Namen fuhr der Graf zusammen, wie von einer Schlange getroffen. Er biß sich auf die Lippen und verließ die Stube.

Und was nun folgt, ist so haarsträubend, daß ich fürchten müßte, meine Leser schüttelten die Köpfe, wenn der Hergang nicht aktenmäßig festgestellt wäre. Ich selbst *wollte* es nicht glauben, als der Jainkef es mir erzählte, ich wollte und konnte an eine solche Rohheit nicht glauben. Ich wollte dem Juden nicht zuhören, der die Menschen so tief in meinen Augen sinken ließ – und nun! Oh, meine Mission! Sie zwingt mich, seinen Bericht zu wiederholen. Aber ich will kurz sein; ich bitte die Leser um die Erlaubniß, kurz sein zu dürfen . . .

Als der blonde Jainkef am folgenden Abend über die Landstraße gieng, um alte Hufeisen zu suchen, wurde er plötzlich von drei Kosaken überfallen, gebunden und auf dem Rücken eines ungesattelten Pferdes im Galopp auf das Schloß des Grafen gebracht. Der Unmensch empfing ihn mit wildem Hohngelächter.

– »Das ist er also, der schöne Jainkef? Du Hundesohn! Du alte Käsemilbe! Du abgerissenes Fliegenbeinchen! Du wagst es, dem edlen Grafen Hatschizisoff in's Gehege zu kommen? Du Milliontel von einem Wurm! Und Du unterstehst Dich, mit einer geraden Nase herumzulaufen und mit blonden Locken? Willst Du damit Deine christlichen Nebenmenschen betrügen? Willst Du? Ich will Dir Dein Handwerk verlegen, Du kranke Mücke, Du! Du übelduftendes Insekt! Du blonder Jainkef, Du!«

Und es geschah! . . . Was?

Ja, es geschah, und ich will erzählen, was geschah. Meine Hand soll es niederschreiben, ob sie auch vor Entsetzen zuckt . . .

Die Knechte banden den schönen Juden. Schon fürchtete er die gemeinste Mißhandlung und suchte mit der gefesselten Rechten umsonst den nach seiner Meinung gefährdeten Körpertheil zu decken. Sie legten ihn aber mit dem Rücken auf eine Bank und fesselten ihn dann. Ihr Plan war viel raffinirter, viel höllischer.

– »Du bist ein Jud' und sollst auch als solcher zu erkennen sein,« schrie wüthend der Graf.

Und sie nahten mit Zangen und Plätteisen und – dreimal wehe – und bügelten ihm die Nase krumm, völlig krumm, so wie ich sie später sah. Dann färbten sie ihm seine Haare schwarz und stießen ihn auf die Landstraße zurück. – – –

Das ist die Geschichte vom blonden Jainkef. Die berühmtesten Chirurgen vermochten nichts seiner Nase gegenüber. Das Haar konnte zwar wieder von seiner schwarzen Farbe geheilt werden, aber es war inzwischen vor Entsetzen über die schändliche Nase grau geworden.

Die schöne Mirjam aber hatte der Graf auf sein Schloß geschleppt . . .

Ihr hat er die Nase nicht verstümmelt, der Schurke!

Gustav Freytag.

Durch ein Mikroskop vergröbert,
Wird das Zöpfchen aufgestöbert.

Die Vorfahren. I. Wlf.

(a. 569 vor der Sintfluth.)

Ein Hirsch sank zusammen am Saume des Pfahlsees. Mit starkem Steinwurf hatte ein stämmiger Mann solches Werk vollbracht. Jetzt drang der Jäger aus düsterem Busch. Leicht ist es, seine Kleidung mit Worten zu schildern: dichtes Haar deckte sein Haupt. Die Linke faßte fest einen furchtbaren Feldstein. Diesen hielt er bereit, wenn etwan der erste Stein seines Zieles gefehlt hätte. Das Thier war aber todt.

Mit rüstiger Faust riß der Jäger der Beute zwei köstliche Keulen aus. Dann setzte er sich nieder und sann.

Wlf war sein Name. Noch war die menschliche Sprache nicht bedacht gewesen, festes Gefüge ihrer felsigen Mitlauter durch wohliges Wasser säuselnder Selbstlauter zu erweichen. Noch war nicht überall das Festland trocken geworden. Noch minnte das Mammuth auf grasreichen Gründen deutscher Erde.

Keck war der Kampf muthiger Männer um etlichen Imbiß.

Weidlich sann *Wlf* und gedachte sinniger Sagen seines Geschlechtes. Von Festesfeier sangen die Sagen. Einst sollte eben unter dieser Kiefer – noch wuchsen damals nicht Eichen in germanischen Gauen – zum Staunen des Stammes ein warmer Rehrücken in taugender Tunke aufgetragen worden sein. »Ohn' Brand kein Braten«. Diesen Vers seiner heimathlichen Göttersage murmelte *Wlf* und wartete wehmüthig, daß ein Brand ihm werde.

Trag schlich Blut in *Wlf's* Adern. Geduldig harrte er. Noch war es kurz nach der Wintersonnenwende. Bald aber mußte Lenz kommen und dann heißere Tage, bis einmal wildes Wetter sich entlud und lichterloh in harzige Holzstämme einschlug. Geduldig harrte *Wlf* dieses himmlischen Feuers und hielt die Keulen trotzig in kräftiger

Hand. Inzwischen nährte er sich von Kieferzapfen, dacht' über sich selber nach und fand, er sei eine problematische Natur.

Schon vierundzwanzig Stunden saß er so da. Niedrig senkten sich Nebel nieder auf den See. Da kam ein Mädchen heran, freundlichen Grußes.

– »Warm ist Sonnenschein, kalt ist Schnee,« sagte die mannbare Jungfrau und lächelte dem sitzenden Manne.

– »Den Bär hungert, wenn er lange nicht fraß,« entgegnete klugen Sinnes der jagdmüde Mann.

– »Warum fraß der Bär nicht, da blutige Beute reichlich in seinen Tatzen war?« warf das Mädchen die Frage zurück.

– »Der Bär liebt Honig, so emsige Bienen für ihn bereitet haben.«

– »Sollen mannbare Mädchen für *Wlf* Leckerei besorgen? Traun, schnurrig scheint mir so schleckes Begehr.«

– »Warme Rehrücken auf breiten Tischen singen Sagen unseres Stammes. Mir aber mangelt freundliches Feuer. Schon allzulange harre ich auf blendende Blitze, die mir zur Lust junge Kiefern entzünden sollen.«

– »Allzu muthlos dünkt mich der Mann, der thatlos harret. Jenseits Rheines harret der geckische Kelte auf knusprige Keulen brenzelnden Bratens. Doch germanische Mannen sind tüchtig und tapfer wohl auch nach kaltem Abendbrod. Wilstu, so will ich die Keule des Hirsches mit scharfem Steine zurecht Dir schaben. Schabefleisch, so nannt' es Mutter und lehrt' es mich früh schon.«

Treuherzig ließ ihr der hungernde Held die kräftige Keule. *Mrl* hieß das Mädchen. Noch andere Namen hatte ihr Vater ihr sorgend gegeben. Irmgard hieß sie, Ingo's Braut, oder auch Walburg, Ingram's Gattin, oder Friderun, das Weib des Ivo, und Waldemar's Gertrud. Dieselbe war sie unter vielen Namen und an blonden Flechten war sie stets zu erkennen.

Jetzt suchte sie emsig am Ufer des Pfahlsees nach scharfem Flintstein. Rund waren die Kiesel und Mühe hatte sie, ein nutzbares Steinmesser ausfindig zu machen. Doch als sie es gefunden, säumte sie nicht. Mit ruhloser Hand schabte sie saftiges Fleisch von Knochen und legte es säuberlich auf breite Blätter der Seerose. Während der Arbeit aber blickte sie lächelnd auf den mahlfrohen Helden und sang taktmäßig lenzlaue Lieder, doch ohne Selbstlauter.

Wonnig blickte der wehrhafte *Wlf* auf das tüchtige Thun der drallen Dirne. Schmatzenden Mundes schmeckte er Schmack. Kraftvoll schien ihm das Mahl, doch reizlos und Salzes ledig.

Mächtig regte er die drangen Glieder, schüttelte schnell das helle Haupthaar und dachte nach; doch nichts fiel ihm ein.

Plötzlich tönte Hussa und Hurrah wild im Walde. Auf ungesatteltem, rauhhaarigem Roß, selbst frei und ungebunden, kam ein Weib herangerast. Schwarz war ihr Haar und schwarz ihre Seele, *Wlf* aber stand auf, sie ehrfurchtsvoll zu grüßen.

– »Wie nenn' ich Dich, Unholde? Bist Du die Fürstin Gisela, welche mit Irmgard so feindlich verfuhr, oder bist Du die Herzogin Hedwig oder die Fürstin Udaschkin oder die Valentine? Valandine bist gewiß, Du schöne Teufeline!«

– »Seltsam tönt Deine Frage. Unaussprechlich, selbstlautlos schweife ich durchs Leben. *Blsk* ist mein Name. Du aber, unmännlicher Held, was hockst Du zu Hause? Was tändelst Du thatlos, auf daß die blonde *Mrl* Dir Schabefleisch bereite? Ist das ein Weib für Dich? Ist das ein Mahl für Dich? In wildem Ritt muß der herzhafte Held des Lebens Labsal erreiten! Auf, Held *Wlf!* Besteige Dein Streitroß! Ich will Dich lehren, auf Rossesrücken die köstliche Keule gar zu reiten. Von Heunen hab' ich's gelernt.«

Aus der Hand des Helden heftig riß sie die zweite Keule. Zwischen Schenkel und Roß schob sie die Beute. Wlf warf sich zu Pferde und hussa! hurrah! ging's fort. Jungfräulich schabend blieb *Mrl* zurück und blickte aus blauen Augen den Reitenden nach.

– »Dreimal um den Pfahlsee in wildem Wagen. Dann ist der Braten gar.« So rief die Schöne und gab dem Helden zum Zeichen der Liebe einen heftigen Hieb mit der Gerte.

Schon zum zweiten Male war der Weg um den Pfahlsee im Fluge zurückgelegt. Schon dampfte die Keule. Zum andern Male wollten die Wilden an der Schabenden vorübersprengen. Da lächelte *Mrl* und sprach unter Thränen.

– »Ameise ist Fleißes Bild. Schabefleisch ist fertig.«

– »Die Biene hat einen Stachel,« rief höhnend *Blsk*.

Wlf aber war des Reitens müde. Schleunig sprang er vom Pferde und setzte sich zu *Mrl* und dem Schabefleisch ins Moos.

Jach fuhr *Blsk* da auf und ritt unter Drohungen weiter. Als sie aber zum dritten Mal in sausender Hast vorüberkam, da strauchelte das Pferd und Roß und Reiterin brachen die Genicke. Furchtbar war der Anblick.

Wlf trat gerührt zu der Todten, zog die gare, stark duftende Keule hervor und sprach: »Dankbar sei die Erinnerung an die Schöne. Dein Schabefleisch, *Mrl* war gut, sie aber war pikanter.«

– »Mein Held,« entgegnete *Mrl*, blond und weich, »am Abend geht die Sonne unter. Das Huhn pickt Körner auf und die Ziege frißt Laub.«

Da lächelte innig *Wlf* sie an und sie heiratheten einander in echt germanischer Ehe. Nur selten trübte die Erinnerung an Blsk's gargerittene Keulen den Himmel ihrer Bärenhaut.

Wlf aber zeugte einen Sohn gleichen Namens. Dieser, Wlf II., zeugte den Wulf, des Wulf Enkel hieß Wolf und dieser hatte einen Urenkel namens Wolff. Von diesem *Wolff* wird in der nächsten Erzählung (296 vor der Sintfluth) füglich die Rede sein.

Eduard von Hartmann.

Kant, was bist du für ein Mann!
Alle pumpen sie dich an!

Die Philosophie des unbewußten Hühnerauges.

Destruktive Resultate auf konstruktivem Wege.

Vorgänger.

Das Hühnerauge, dessen vorderer Theil in die Ornithologie, dessen rückwärtiger Theil jedoch in die Ophthalmologie hineinragt, ist vor Meinem epochemachenden und die Denkrichtung des Jahrhunderts diametral ordnenden Auftreten zwar häufig zum Gegenstand von Untersuchungen gemacht worden, in seiner Totalität aber ist bis zum Erscheinen der ersten Auflage dieses in seiner Sinnfältigkeit zwar dicken, im Verhältniß zu seinem übermenschlichen Gedankeninhalt aber dünnen Buches Abschließendes über Wesen, täuschende Erscheinungsform und ehrenhafte Ding-an-sich-lichkeit dieses merkwürdigen Organismus nicht niedergeschrieben worden. Von den erbärmlichen Tröpfen, welche vor Mir die fetten Euter der mageren Kuh Philosophie gemelkt haben, ist nicht viel zu holen. Der platte Plato existirt für mich nicht, denn er trug Sandalen und gelangte somit selbst in seinen reiferen Arbeiten nicht einmal zum klaren Bewußtsein des *physischen* Hühnerauges, um wie viel weniger zum Unbewußtsein des metaphysischen. Das antike Heidenthum mußte erst nach langer Selbstzersetzung in und durch sich zusammenbrechen, bevor auch nur das bewußte Hühnerauge, als natürliche Folge der in den schlechten und billigen Erzeugnissen germanischer Schuhmacher leichtsinnig unternommenen Völkerwanderung in eincr für philosophische Zwecke nutzbaren Allgemeinheit auftreten konnte.

So herrschte im Mittelalter lange das physische Hühnerauge vor, bis der große Cartesius den einzigen Einfall hatte, die moderne Dialektik dadurch zu begründen, daß er das Selbstbewußtsein von dem schmerzlichen Gefühl der eigenen Hühneraugen herleitete. So wird sein berühmter Satz: »Cogito ergo sum« d. h. »Ich spür's, also bin ich!« erst verständlich. Auf dieser Grundlage durfte Spinoza weiter bauen, der durch sein glücklich umschreibendes Wort »Pantheismus« den großen Gedanken des unbewußten All-Hühnerauges wesentlich förderte. Der wahre, wenn auch unbewußte Schöpfer Meiner Idee ist allerdings der seltsame Kant, der das unbewußte Hühnerauge ganz wohl als den hinter der Erfahrungswelt lauernden Urgrund der Dinge erkannte, es dafür in seiner bekannten Feigheit jedoch nicht esoterisch anzurufen wagte. Er nannte in

seinem lächerlichen Jargon das unbewußte Hühnerauge das »Ding
an sich«. Zur näheren Erklärung müssen wir den sich in den Rede-
wendungen der gewöhnlichen Sprache offenbarenden Sprachgeist
zu Hilfe nehmen. Der Arme z. B., der nach einem Bade mit meta-
physisch-schmerzhaft zuckendem Antlitz vor einem messerbewaff-
neten Heilkundigen sitzt, pflegt instinktiv nicht direkt von seinem
Hühnerauge zu sprechen, sondern sagt: »Das Ding thut verd . . . .
weh!« Mit »Ding« meint er also Hühnerauge, q. e. d. Wenn Kant
jedoch dieser Bezeichnung die Worte »an sich« hinzufügt, so be-
weist er damit, daß er noch zu viel »an sich« selbst denkt, daß er
noch zu sehr vom Schleier der Maja bedeckt, in der Nacht des ge-
meinen Individualismus gefangen ist. Auf Kant aber folgte Ich. Die
scheinbar dazwischen liegenden Charlatane: Fichte, Schelling und
Hegel hat bereits ein gewisser Dr. Schopenhauer todtgeschlagen,
den Ich nur deshalb erwähne, weil er boshaft genug war, die
schönsten Stellen aus Meinem Hauptwerke fünfzig Jahre vor dessen
Erscheinen vorauszuschreiben. Und nun zu Mir.

I. Physik.

Gegeben ist ein physisches Hühnerauge. Daraus muß Ich, Meinem Versprechen gemäß, das Elend des Weltganzen ableiten. Sehen Sie, meine Herren, das ist ganz einfach, ohne jede Vorbereitung. Zuerst schaffe Ich das physische Hühnerauge mittels Meiner höhern Mathematik aus der Welt. Geben Sie mal Acht. Die Welt ist unendlich (∞) mal größer als ein Hühnerauge (A). Nehmen wir nun die Welt als Einheit (1) und fragen wir: Wie groß ist ein Hühnerauge? so lautet die Antwort:

$$A = {}^1\!/\,_\infty = 0$$

In Worten ausgedrückt: ein Hühnerauge ist gleich der Einheit, getheilt durch unendlich, gleich: Null. D. h. ein Hühnerauge ist gar nicht vorhanden – was zu beweisen war.

Wenn aber das Nichtsein des Hühnerauges das einzig Seiende ist, so muß auch das scheinbare Sein des physischen Hühnerauges seine Erklärung finden. Das physische Hühnerauge ist jedoch nichts Anderes, als das körperliche Organ des Uebersinnlichen, es ist das *Traumorgan*, welches an der Schwelle zwischen der Welt der Erscheinungen und der jenseitigen Welt steht. So führt schon das physische Hühnerauge geraden Weges in die Metaphysik hinein.

II. Metaphysik.

Das Hühnerauge vermittelt Ahnungen. Bekanntlich giebt es Menschen, denen diese feinbesaiteten Organe jede Veränderung der Temperatur genau anzeigen. Ein berühmter Reisender, der Mönch Hausen, erzählt von einem Matrosen, dessen Fußorgane so ausgebildet waren, daß sein Schiff anstatt nach dem Kompaß, nach seinen lokalen Empfindungen gesteuert wurde. Wie sind solche Erscheinungen zu erklären?

Dadurch, daß die metaphysische Welt, welche Kant so schüchtern als das Ding an sich bezeichnet, welche Mein Abschreiber, Dr. Schopenhauer, kühnlich als den unbewußten Willen hingestellt hat, in der That nichts Anderes ist, als das zu sich selbst gekommene, seiner selbst gänzlich unbewußt gewordene, allgemeine, allmächtige, allwissende und allherrschende *unbewußte Hühnerauge*.

Von dem Lichte dieses Meines epochemachenden Axioms bestrahlt, gewinnt die Welt ein neues Ansehn. Wir betrachten noch einmal genauer das physische Hühnerauge und bemerken nun, daß es kein Ende nimmt. Ohne Wurzel, ohne äußeren Zusammenhang verwächst es mit dem menschlichen Organismus zu Eins. Es glitzert und strahlt Gedanken aus. Wir erkennen es wieder in allen seinen Gestalten. Die hornigen Haare, die harten Knochen, die Stoßzähne der Elephanten, die kieshaltigen Halme, die Steine der Früchte, die Krystalle, die Felsen der Erde, die Kerne der Kometen, Alles, Alles – es ist klar wie der Tag, es sind: – Hühneraugen der Natur.

Und so erkennen wir auf diesem erhabenen Standpunkte, daß die gesammte Welt an sich nur ein gemeinsames Hühnerauge ist, daß demnach ein jeder Schritt, den wir auf irgend einem Punkte der Erde machen, zugleich ein schmerzhafter Tritt auf ein Atom des Allhühnerauges ist, daß wir somit mit jedem Schritte uns selbst auf unser eigenes unbewußtes Hühnerauge treten, daß sonach jeder unserer Schritte uns selber unbewußt Schmerzen verursacht, daß endlich der sogenannte Weltschmerz nichts ist, als das ewige Gemeingefühl des an unzähligen Stellen ewig von sich selbst getretenen, gestoßenen, gepufften und gezwackten unbewußten Allhühnerauges.

Dieses Allhühnerauge war immer und wird immer sein. Es ist unsterblich. Es will die größten Thaten und denkt die größten Gedanken. Es umfaßt die gesammte Welt. Wir alle bilden seine Theile, wenn wir uns dessen auch niemals bewußt werden. Ich aber, der Hohepriester dieses Mysteriums, habe Momente, in denen Ich Mich mit stolzer Freude in dunkler Ahnung Eins gefühlt habe mit dem All, Mich als ein Theil gefühlt habe des heiligen Allhühnerauges.

III. Aesthetik.

Meine Philosophie erklärt Alles. Es läßt sich also aus ihr auch die einzige wahrhaft systematische Aesthetik ableiten.

Ich gebe hier nur einzelne Gedankenblitze. Meine Nachfolger mögen aus den Quadern meiner Aphorismen den hochgewölbten Bau einer Aesthetik vollends herstellen. –

Die gesammte *Architektur* ist ein Plagiat auf das physische Hühnerauge. Wie dieses theils in horizontalen Lagerungen auswächst, theils sich thürmend zur Höhe emporstreckt, so entwickelt sich auch die Geschichte der Architektur. Die horizontalen, vertikal sich verjüngenden Lagen deuten auf griechische Baukunst und die treulich kopirten Glieder ihrer Architraven, die kuppelige Wölbung des vollendeten physischen Hühnerauges war das Vorbild für die hohen Kuppelgewölbe der Renaissance, während die modifizirbaren Formen, welche das Traumorgan unter der harten Behandlung germanischer Stiefel anzunehmen pflegt, lebhaft an die krausen Formen der Gothik erinnern. –

In der *Malerei* giebt es zwei Richtungen: die realistische und die idealistische. Der Maler, welcher, ohne hinter den Schleier der Maja zu dringen, das physische Hühnerauge für wirklich hält und es darum festzuhalten sucht (z. B. Gussow) ist ein Realist. Der Maler dagegen, welcher das physische Hühnerauge gar nicht sieht, sondern die Welt systematisch in ihrer Verschiedenheit stets als dieselbe Erscheinungsform des Hühnerauges auffaßt, ist ein Idealist.

Die *Musik* ist nicht eine Kunst wie die anderen, sondern sie ist nichts Anderes, als Meine Philosophie noch einmal. Die Zukunft wird Mich verstehen. Einstweilen nur die Anmerkung, daß aus der wahren Musik der Weltschmerz, d. h. *das unendliche Weh eines von sich selbst getretenen Hühnerauges* heraustönen muß.

IV. Ethik.

Das allgewaltige Elend, das sich in der wahren Musik ausspricht, führt uns zu der Ethik, dem Gipfel Meiner Philosophie.

Ich könnte Bücher darüber schreiben, wie weh und leid die Welt sich und Mir thut. Der Schmerz der physischen Hühneraugen, unendlich gesteigert bis zur Unermeßlichkeit des Allhühnerauges, das ist der Weltschmerz. Ein grauenhaftes Stechen, Bohren, Schneiden, Klemmen, Ziehen, Zerren, Stoßen, Drücken, Pressen, Drängen, Fressen, Brennen, Vergiften und Zermalmen: – das ist das menschliche Leben.

Das Unbewußte war ruchlos genug, dem Menschen drei *Illusionen* mit auf die Lebensbahn zu geben, die ihn über sein Elend zu täuschen versuchen.

Die erste Illusion heißt: Pantoffel. Wie erbärmlich, wie nichtig. Gegen 23 Stunden der Qual vielleicht 1 Stunde Pause.

Die zweite Illusion heißt: Pflaster. Es ist lächerlich, sich von dieser Täuschung gefangen nehmen zu lassen. Es ist nur eine scheinbare Linderung, denn unter der schützenden und warmen Decke wächst das Traumorgan lustig weiter, bis es den Mantel von sich wirft und den Menschen mit der ganzen Gräßlichkeit seiner nackten Gestalt angrinst.

Die dritte Illusion dauert am längsten, aber auch sie ist leer. Es ist die Illusion, daß der Mensch dem Elende dieser Erde durch den *Selbstmord* entgehen, daß der *Operateur* ihn erlösen könnte. Aber der Selbstmord stößt den Menschen nur noch tiefer in den Pfuhl des Individualismus hinein und so ist auch der Hühneraugenoperateur ein falscher Prophet, der das Weltelend nicht zu lindern vermag. Denn das Allhühnerauge ist, wie Ich bewiesen habe, unsterblich und – was noch schlimmer – das physische Hühnerauge – *wächst nach*.

Leopold Ritter von Sacher-Masoch.

Hüllst in einen dichten Pelz
Deine Venus – Gott vergelt's!

Ein Vorwort.

Seitdem Mein erhabener und beinahe ebenbürtiger College aus dem klassischen Alterthum, der Vater Homer, trotz seiner abgeschabten Pikesche und mottenzerfressenen Pelzfäustlinge aus dem römischen Capitol zum größten Dichter der Christenheit gekrönt worden war, ja eigentlich noch länger, seitdem der göttliche Orpheus die Thiere des Waldes, den Zobel und den Marder, zuzuhören gezwungen hatte, – ist ein so unglaublicher Erfolg in der Buchhändlerwelt nicht erhört worden, wie derjenige der ersten Auflage dieses Buches war. Schoppenhauer's (sic) Werke waren dreißig Jahre nach ihrem Erscheinen noch unbekannt. Mein Buch aber wird nach drei Jahren von Keinem mehr gelesen werden, und zwar aus dem einzigen Grunde, weil es bis dahin alle Menschen der Erde entweder im heiligen Original oder in einer der Tausende Uebersetzungen werden gelesen haben.

Denn wer liest Meine Werke nicht? Dort die dralle Mädchengestalt, die mit glühenden Wangen und mit wogendem Busen über dem Herd gebeugt steht, um der Herrin den Kaffee zu bereiten, die Köchin eines *gräflichen* Hauses, hat die halbe Nacht bei Meinen Büchern verbracht. Knaben, die zu geistesträge sind, um ihren Lehrern in die Labirrinte (sic) der Wissenschaften zu folgen, befeuern an abgelegenen Orten ihre bildsame Fantasie mit Meinen Poesien, welche ihnen eine Einsicht in die Welt des falschen Nerz gestatten, wie sie sonst nur Greise nach einem verfehlten Leben zu erlangen pflegen. Und diese Greise selbst, wie gierig greifen sie mit zitternden Händen nach *Meinen* Blättern – und wenn sie sich von den Scheingestalten Schiller's auch längst blasirt abgewendet hätten – um vor den Bildern Meines Genies es zu versuchen, ihre ausgelöschten Lebensgeister wieder anzufachen. Selbst dorthin, wo die barmherzigste Samariterin nicht zu gehen wagt, weil sie die Berührung mit dem tiefsten Laster und Elend trotz ihrer Pelzhandschuhe scheut, selbst dorthin dringen meine Bücher als Tröster und Freunde. Allgemein, höchst allgemein, wie das Sonnenlicht und der Häring ist meine Popularität. Ich bin überhaupt der populärste deutsche Dichter und alle Meine Collegen sind überflüssig. Dieselben schreiben ja nur, damit auch andere Verleger als der Meinige etwas zu thun bekämen.

Die Welt ist bewohnt von Mir, Meinen Lesern und Wahnsinnigen. Zu den Letzteren gehören auch Meine Kritiker. Daß einige steife Herren die Pietät soweit treiben, den alten Herrn von Goethe über Mich zu stellen – vielleicht nur deßhalb, weil sie von der Protektion dieses langweiligen Dichterministers ein Aemtchen erhoffen – das würde ich noch verzeihen. Wenn sie aber schlechterdings unfähig sind, sich zum künstlerischen Verständniß Meines glorreichen Schaffens aufzuschwingen, so liegt es eben daran, daß sie, wie viele Heldinnen der besten Romane nichts als Pelz im Gehirne haben.

Meine Muse ist aber ein Weib von so gewaltiger Kraft, daß es nicht möglich ist, ihr auf die Dauer zu widerstehen. Wie soll ich sie nennen? Fantasie? Ehrgeiz? Eitelkeit? Wollust? Herrschsucht? Ueppigkeit? Genug daran, sie ist Meine Muse und Mein Verstand liegt in ihren Banden.

Dort liegt sie nackt ausgestreckt, Meine Muse, auf einem schwarzen Bärenfell; sie hat das rechte Bein über das linke geschlagen, ihr rothes Haar liegt wirr in den Zotten des Fells und ihre schimmernde Hand führt langsam eine duftende Cigarrette zu dem lachenden Munde. Wie das wogt! Wie das lockt! Und Mein Verstand, ein furchtsamer Geselle slavischer Abkunft mit struppigem Haar und lüsternen Augen, hockt zu ihren Füßen und wimmert um ihre Gnade und weint um ihre Gunst. Er windet sich und krümmt sich, er flüstert sinnlose Liebesworte, sie aber bläst ihm türkischen Rauch in's Gesicht.

Da bäumt sich der Sklave empor. Er stürzt auf die Kniee nieder und bedeckt ihre kleine Zehe mit unzähligen Küssen . . . .

– »Du Narr, was willst Du von mir?« sagte sie, indem sie ihm die brennende Cigarrette an die Nase warf.

– »Ich weiß es selbst nicht genau, Gebieterin! Aber mir ist, als könnten wir zwei die Unsterblichkeit erringen, wenn wir uns ganz, ganz vereinigten.«

Sie lachte, daß das Bärenfell unter ihr in leises Schwanken gerieth, wie ein wogendes Aehrenfeld.

– »Du willst was Unsterbliches fertig bringen, ängstlicher Wicht? Du?! Du bist nichts ohne mich. Du kannst nichts ohne meine Befehle. Jetzt aber sei es und ich gebiete es Dir: Werde auf der Stelle unsterblich.«

Der Unglückliche! Vor dem höhnischen Blicke seiner Herrin schwand plötzlich sein Muth, sich den Unsterblichen beizuzählen. Er bat, ihn doch jetzt zu schonen, ihn nur noch bis morgen, nur eine Stunde ruhn zu lassen. Da lachte sie aber und zog unter dem Rücken eine Ruthe hervor; sie schwang sie erst lustig in der Luft und ließ sie dann in scherzhaftem Uebermuth auf Finger und Nase und Ohren und Schulter und Rücken u. s. w. des Sklaven niederfallen.

Er kicherte erst und lachte unter ihren Schlägen, denn wie das Gekribbel weicher Kinderhände kos'ten und streichelten die feinen Striche seine Nerven. Aber immer schneller und wuchtiger folgten die Schläge, immer wilder wälzte sich die Muse auf ihrem Bärenfell, immer gellender klang ihr Lachen an das Ohr, immer schärfer schnitt die Ruthe in sein Fleisch. Mürber und mürber wurde es unter dem Klopfen der kräftigen Muse, bis es sich endlich loslöste von fremder Herrschaft und als emancipirtes Fleisch frei geworden zuckte nach dem Willen der Muse.

Er aber sah das Alles, wie in einer Vision. Er sah die Gestalt der Muse sich erheben und wachsen, sah, wie sie umwogt von den weichen Wellen des Bärenfells die Welt durchzog und mit mächtiger Peitsche knechtete und mißhandelte, was immer im Besitze einer Sklavenseele war. Da tauchten in seiner Erinnerung die Flagellanten des Mittelalters auf, er fühlte ein tiefes Verständniß für ihr Schwärmen und Rasen und sehnte sich mit unsäglichem Drang nach einer Flagellantin. Schon glaubte er sie zu umarmen, da schwanden ihm die Sinne. – –

So zwingt die unmenschliche Muse den armen Verstand zu unsterblichen Werken.

Gregor Samarow

Weil's dir baß Vergnügen macht,
Hab' ich dich in höh're Gesellschaft gebracht.

»Europäische Züge und Gegenzüge«

oder

»Eine Schale Melange.«

Historischer Roman von vorgestern.

Der Regierungsrath, unter einem slavischen Pseudonym über Land und Meer bekannt, saß einsam an einem Tischchen des Café Bauer unter den Linden in Berlin. Er wartete ungeduldig auf einen berühmten Menschen.

Hinter dem Büffet hatte seit dem früheren Morgen die Exkaiserin Eugenie in der kleidsamen Tracht einer Kassirerin Platz genommen. Mit zitternder Hand ordnete sie die Täßchen, in welchen je drei Stückchen Zucker lagen. Ihre herrlichen Augen blickten mit südlicher Gluth unter das Büffet, wo Prinz Louis Napoleon mit einem Sträußchen im Knopfloch einige moderne Sprachen studirte, wie sie namentlich in kleineren europäischen Staaten gesprochen werden. Vor ihm lag »der kleine Mezzofanti in der Westentasche« aufgeschlagen bei dem Kapitel: »Gespräche zwischen Brautleuten.«

Unruhig zwischen den Tischchen auf und ab eilte der Wiener Zahlkellner Schani, in dem der Regierungsrath ohne Mühe den Jesuitengeneral Pater Bekx erkannte. Seine Hochwürden hatte mehrere Monate in Wien mit den Vorbereitungen zu seiner schwierigen Rolle zugebracht; jetzt sprach er den Wiener Dialekt mit Meisterschaft und strich die Nickel und Pfennige ein, als wären sie alle Peters[pfennige].

Bekanntlich trauen die Jesuiten keinem Menschen, nicht einmal sich selber. So hatte die geheime Oberregierung des al Gesù ihrem offiziellen General einen Aufseher gesetzt in der Person des Kellners Edi, einem Geschöpfe der Jesuiten, der nicht dem General, sondern den ihm unbekannten Geheimen den Eid des Gehorsams geleistet hatte. Zur steten Bewachung dieses gefährlichen Menschen diente dem Papste selbst, der allen Grund hatte, dem mächtigen Orden nicht zu trauen, der Zeitungskellner Wenzel, von welchem wiederum der Kellnerjunge, der Gustel, ein Agent der Berliner Geheimpolizei war.

Der Regierungsrath, der Einzige, der gewitzt genug war, diese Fäden der europäischen Politik trotz aller Verkleidung zu erkennen, mußte oft still vor sich hin lächeln, wenn ein Gast den vermeintlichen Oberkellner rief und sofort Edi hinter Schani horchend herlief, während Wenzel sich an dem Tischchen des Gastes zu thun machte und Gustel nicht von dessen Seite wich. Diese vier Faktoren in ihrer staffelmäßigen Ueberwachung boten für den Kundigen ein erschreckendes Bild der politischen Weltlage.

Plötzlich öffnete der Portier die Glasthür des Etablissements und am Arm des Unbekannten schwebte die Prinzessin herein. Ein herrliches blondes Haar fiel u. s. w.

Der Unbekannte und die Prinzessin nahmen an einem Tischchen Platz, das dem Büffet so nahe stand, daß der Unbekannte mit der Exkaiserin Blicke des Einverständnisses austauschen konnte, während die feinen wohlgebildeten Ohren der Prinzessin eine unterirdische, aber sehr zarte Stimme vernahmen, welche in den kläglichsten Tönen die Worte: Je vous aime, I love you, ti amo, Milugi te, Σην αγαπω – auswendig zu lernen schien.

Der Regierungsrath rückte unruhig auf seinem Stühlchen hin und her. Alles stand auf dem Spiel. Denn soeben nahte aus einem rückwärts gelegenen Kabinete, in welchem er sich bisher verborgen gehalten hatte, der Feind Deutschlands, der Exdiktator Gambetta. Mit einer ironischen Verbeugung gegen die Exkaiserin schritt er am Büffet vorüber, doch nahm er mit republikanischer Freiheit an dem Tischchen des Unbekannten Platz. Schani hatte einige Stühle bei Seite schaffen lassen und den Einäugigen mit großer Schlauheit an diesen einzigen leeren Platz dirigirt.

Schon suchte der Regierungsrath nach einer diplomatischen Form für einen Fluch, da leuchtete plötzlich sein Auge auf. Draußen schritt vor dem breiten Glasfenster eine mächtige Gestalt vorüber. Der Regierungsrath erkannte sofort seinen Freund, den Reichskanzler.

»Pst!« rief er mit wichtiger Miene.

Fürst Bismarck folgte der Anforderung, trat ein, setzte sich zum Regierungsrath und ließ sich ein Glas Pilsener bringen.

»Mein Bier zu Hause schmeckt mir besser,«[15] sagte er nervös.

»Hast Du ein Stündchen für mich übrig?« fragte der Regierungsrath, indem er seine Rechte auf die Schulter des Fürsten legte.

»Sprechen Sie. Aber schnell, wenn ich bitten darf,« sagte der
Fürst, während er sich ärgerlich den Waffenrock an der berührten
Stelle abstäubte.

»Ich will Dir ein Mittel an die Hand geben, um Deutschland zu
retten,« rief der Regierungsrath gutmüthig.

»Weshalb duzen Sie mich denn immer, während ich in der dritten
Person zu Ihnen rede?« fragte Fürst Bismarck, indem er sein Tuch
zur Nase führte[16] .

»Weil Sie die zweite Person, ich aber nur die dritte Person in
Deutschland bin.«

Der Fürst lächelte ingrimmig. »Reden Sie denn, wenn es nicht
anders sein kann.«

Der Regierungsrath holte aus, als wollte er eine Rede von der
Länge Bambergers halten. Der Fürst seufzte: »Valentin!« doch sagte
er nichts.

»Durchlaucht!« begann der Regierungsrath, »Du bist ein intelli-
genter Mann und wirst den großen Blick des Regierungsraths be-
wundern. Schaue hinüber an jenes Tischchen und Du wirst über
demselben eine drohende Gewitterwolke finden, die sich unheil-
schwanger über die Auen Deutschlands ausgießen wird. Du siehst
die Exkaiserin, welche in kühner Verkleidung à Berlin gekommen
ist, um ein Rendezvous zwischen ihrem Sohne und der Prinzessin
zu ermöglichen. Denn der Unbekannte konnte die Reisekosten bis
England nicht bestreiten. Wenn diese Verbindung zu Stande
kommt, ist Deutschland am Rande des Abgrunds. Ich weiß es von
Gustel, der es vom Wenzel erfahren hat, der es aus Edi herausge-
bracht hat, daß Seine Ehrwürden, der Herr General des Ordens
Jesu, ein großes Gewicht auf diese Heirath legt. Mit Recht, Durchlaucht! Denn schon ist der französische Exdiktator in den Banden

---

[15] Historisch.
[16] Historisch. S. Busch. I. S. 1–200.

der holden Prinzessin und würde sich damit begnügen, unter Napoleon IV. Ministerpräsident zu sein. Was wäre aber das Programm dieser Regierung? Die Prinzessin hat eine Urgroßtante, welche mit dem Onkel des Schwagers der Königin von England verwandt ist: ein Bündniß der Westmächte. Der Unbekannte ist ein wilder Gegner der weltlichen Herrschaft des Papstes. Italiens Beitritt ist sicher. Die Prinzessin ist eine Feindin türkischer Ehebündnisse: Rußland wird von Deutschlands Flanke weg in das Lager unserer Widersacher gezogen. Du siehst, Durchlaucht, die *europäischen Züge und Gegenzüge* finden in diesem Augenblicke an jenem Tischchen statt und ich, der Regierungsrath, kann allein der Retter Deutschlands werden.«

Der Fürst blickte stumm auf sein Glas hinab. Dann stand er auf, richtete sich stramm empor und blickte mit verschränkten Armen auf die belebte Straße hinaus. »Sollte wirklich mein Glück ein Ende haben?« dachte er lautlos in seinem Innern. »Alles sollte umsonst gewesen sein, was ich für Deutschlands Macht und Größe und für den Ruhm Seiner Majestät, meines erhabenen Kaisers, gewirkt habe? Das wirst Du nicht wollen, o Du mein Gott!«[17]

»Was rathen Sie mir?« fragte der Fürst nach einer schmerzlichen Pause den Regierungsrath.

»Wir retten unser Vaterland!« rief der Regierungsrath begeistert. »Der Unbekannte ist gegen die Verbindung der Prinzessin mit dem Prinzen Louis Napoleon. Es sind allein die Ränke Seiner Ehrwürden des Pater Bekx, die seine Geldverlegenheit benutzen, um ihn in die Macht der vermeintlichen Kassirerin zu liefern. Durchreiße diese Netze, Durchlaucht! Und wenn es uns gelungen ist, die Prinzessin und den Prinzen zu trennen, so werde ich ihr dafür einen Freier zuführen, dessen Vorfahren zu den größten Wohlthätern des deutschen Reiches gehört haben, indem sie für unsere Bedürfnisse einen Fond sammelten –« und der Regierungsrath flüsterte dem Fürsten seine weiteren Rathschläge in's Ohr.

Der Fürst lächelte[18] .

---

[17] Des Fürsten eigene Worte.

[18] Historisch.

An dem Tischchen des Unbekannten nahte indessen die Katastrophe mit Riesenschritten.

»Schani, zo–ahlen!«[19] rief von einem Nachbartischchen ein unscheinbarer Herr. Es war eine Kreatur der Jesuiten.

»Zahlen? Bitte, gleich!« rief Schani und eilte, als ob er falsch geholt hätte, zu dem Unbekannten.

Dieser erbleichte.

»Befehlen zahlen, 'r Gnaden?« fragte Schani in unverschämtem Ton.

Der Unbekannte rang nach Fassung. Er versuchte es, den Zahlkellner durch einen festen Blick einzuschüchtern.

»Wir haben Alle zusammen nur eine Schale Melange. Die Kleinigkeit kann ja bleiben bis morgen. Ich habe kein Kleingeld bei mir.«

»Bitte, darf ich wechseln?« Und Schani rührte sich nicht.

»Quel bruit pour une omelette!« ergriff der Exdiktator das Wort. »Wenn Sie gestatten, so lege ich für Sie aus. Doch ha! ich habe meine Börse vergessen!«

»Euer Gnaden sind auch noch mit zwei kleinen Schwarzen und einem Knickebein im Rückstand,« murmelte Schani. »Ich selbst würde gern noch weiter kreditiren, aber die Frau Kassirerin hat erklärt, daß sie nur unter bestimmten Bedingungen geneigt ist, Ihnen noch weitere kleine Schwarze verabreichen und Sie überhaupt ungehindert ziehen zu lassen.«

Der Unbekannte erblaßte.

»Nennen Sie mir die Bedingungen!« rief er, indem er dabei die Prinzessin teilnehmend betrachtete. »Arme Kleine!«

»Nun denn!«

Schani's Augen leuchteten im Triumphe auf. Die Exkaiserin an dem Büffet schloß für einen Moment die Augen, um sie dann zür-

---

[19] Historisch. Um die Zeit, in welcher unsere wahrhafte Erzählung spielt, übten sich die Berliner im Wiener Dialekt, indem sie täglich einige Male nach dem »Zo-ahlkellner« riefen und das »oa« in unnachahmlicher Weise aussprachen.

nend auf ihren Sohn zu richten, der über seinem Mezzofanti einge-
schlafen war.

In diesem Augenblick trat der Fürst an den Tisch heran. Schani
erbebte unter dem festen Auge des Reichskanzlers.

»Gestatten Sie, Herr Graf,« wandte sich der Fürst freundlich an
den Unbekannten, »daß ich im Namen Deutschlands Ihre Angele-
genheiten ordne. Deutschland ist jetzt in der Lage, sich seiner
Freunde annehmen zu können,« fügte er mit scharfer Betonung
gegen den Exdiktator hinzu.

»Mein Herr, ich danke Ihnen!« rief der Unbekannte, während die
Prinzessin froh aufblickte.

Der Fürst bezahlte die Schale Melange. Hierauf forderte er den
Unbekannten auf, mit ihm zu gehen.

»Halt, Euer Gnaden!« rief funkelnden Auges Schani. Kaum ver-
mochte er noch im Geiste seiner Rolle zu verbleiben. So im letzten
Augenblicke die Frucht langer Mühen zu verlieren, es war entsetz-
lich. Er mußte das Aeußerste versuchen!

»Halt! Der Herr Graf schuldet mir noch zwei kleine Schwarze
und einen Knickebein!«

Seine Züge belebten sich. Die Exkaiserin hoffte wieder[20] . Der
Fürst blickte verstimmt und besorgt auf den Regierungsrath. Dieser
aber flüsterte ihm zu: »Nur nicht kleinlich! Es gilt was Großes!«

Da griff der Fürst in seine Tasche und befriedigte den Zahlkell-
ner, der mit wüthender Geberde die Mark einsteckte. Als er den
Schani so ergrimmt sah, freute sich der Edi; darüber ergrimmte der
Wenzel und darob jauchzte der Gustel.

Der Unbekannte erklärte dem noblen Fürsten, ihm von nun an
folgen zu wollen, wohin es auch sei. Arm in Arm schritten sie dem
Ausgang zu. Bevor sie aber das Café verließen, wandte sich der
Fürst noch einmal zum Regierungsrath und sagte:

»Sie sind doch ein großer –«[21]

---

[20] Historisch.

[21] Historisch.

Das letzte Wort verschweigt der Erzähler aus Bescheidenheit.

J. V. Scheffel.

Der Peter von Säkkingen.

'ktober war's und gutes Weinjahr.
Denn ein fruchtbarer Kometschwanz
Zeitigt' Trauben, zeitigt' Liebe.
Selbst ein wenig mostbenebelt
Schwankt einher der helle Luftlump
Und er denkt im hohlen Innern:
»'s ist ein hundemäßig Dasein,
Für die Menschen Wein zu kochen,
Für die Menschen Vers zu schreiben,
Menschen, die sich keck noch über
Unsereinen lustig machen.
Lieb wär's mir und unsrem Vollwerth
Angemess'ner, wenn wir uns an
Wein und Vers allein berauschen
Könnten, heimlich, ohne Zeugen,
Unbelauscht vom Nachtfernrohrglas,
Welches unsrem Schwanze nachforscht,
Unsrer Gangart Wanken anmerkt,
Nachspürt, ob uns nicht der Kern fehlt.« –
Und Komet zieht fluchend weiter,
Zieht gleichgiltig über Deutschlands
Abgeschaffte Urmainlinie,
Zieht dann über altes Raubschloß,
Wo noch heut' ein alter Freiherr
Mit der Tochter Grethe Liebreiz
Bürgerlicher Trinker Herz plackt.
Schimpfen hört Komet den Freiherrn:
»Bin, weiß Gott! kein Feind des Rheinweins!
Junger Bursch dünkt mich nicht schlechter,
Wenn er allzu tief in's Glas schaut.
Aber auch die schönste Sauflust

Die als Mann ich anerkenne,
Doch als Vater muß verleugnen,
Giebt kein Recht auf Freiherrntöchter.
Daß Du trinkst, das freut mich, Peter.
Doch dafür, daß Du der Tochter
Junges Herz mir willst entwenden
Dafür soll der Teufel lothweis' . . .«
Eilig flog's die Treppen 'runter.
Eilig flog Komet rheinaufwärts,
Dacht in seinem tiefen Lichtkern:
»Hier wird Einer 'rausgefeuert!«

Abschiednehmen, Abschiedsthränen!
Wer hat euch zuerst erfunden?
Als zu Askalon im Walfisch
Nubierländ'scher grober Hausknecht
Braven Burschen vor die Thür warf,
Als am Marmortisch 'ne Flasch' da
Baktrerschnapses halb geleert kaum,
Damals floß die erste echte
Warmgefühlte Abschiedsthräne.

Grethe stumm auf ihr Closet[22] ging,
Rang das fein battistne Schneuztuch
Und sie dachte: »Armer Peter!
Küssen kannst Du, trinken kannst Du!
Warum bist Du nicht von Adel?«

Vor dem Schloßthor schlich der alte
Cyniker, der Epenchorhund.
Herr Philosophieprofessor
Außer Diensten war sein Titel,
Hiddiwauwau war sein Name.
Ernst T. Amadeus Hoffmann
War – durch Kater Murr – sein Vater
Und auch Immermannes rühmte
Er sich als 'nes Blutsverwandten.
Hiddiwauwau sah voll Wehmuth,

---

[22] Scheffel: Ekkehard, S. 3, Zeile 11 v. u.

Wie der arme Peter fortzog,
Und er dachte bei sich knurrend:
»Warum trinken denn die Menschen
Ueber'n Durst höchst unmanierlich?
's ist nicht Stolz, sie thun's auch heimlich.
's ist nicht Haß, sie thun's ganz heiter.
's kann auch nicht allein zum Löschen
Eines innern Brands geschehen,
Denn ich sah's auch Alte üben,
Kalte Herren, welche erst 'ne
Inn're Hitz' erzeugen wollten.
Warum also, frag' umsonst ich,
W'rum betrinken sich die Menschen?
W'rum wohl allermeist im Spätherbst?
Ueber diese Punkte will ich
Abends in der Hundehütte
Noch ein Stündlein spintisiren.« –

Also dachte Hiddiwauwau,
Schrieb ein Lied hinein in's Tagbuch,
Folgt im Geist dem armen Peter,
Der ein dürft'ger fahrend Schüler
Fürbaß zog auf allen Wegen
Und auf ihnen auch nach Rom kam.

Wie der Peter in der Fremde
Von dem dunklen Trödler kummt,
Der ihm abnahm 's letzte Hemde,
Solches Lied er vor sich summt.

Lied Jung Peter's.

Das war der Herr von Radolfszell,
Der sprach: »Daß Gott mir helf!«
Trank vor dem Schlafengehn noch schnell
Der Seeweinschoppen zwölf.
»Seewein! Grimmender Blähwein!
Weiß noth, wie mir geschicht.
Er schmeckt mir nicht, er fleckt mir nicht.
Der Seewein täugt mir nicht!

Einst trank ich Rauenthaler Stoff
Und Ekkehard gelang,
Und als ich Wein aus Capri soff,
Jung Werner's Lied erklang.
Seewein! Blähender Schlehwein!
Ruhm, Gut mir nicht gebricht.
Doch schmeckt's mir nicht und fleckt's mir nicht.
Ruhm, Gut, das täugt mir nicht.«

Du edler Herr auf Radolfszell,
Kehr' um nach Heidelberg!
Student werd' wieder, Sanggesell!
Seewein ist Teufelswerk.
Flöhwein! Windiger Wehwein!
Er macht den Kopf nicht licht.
Er schmeckt dir nicht, er fleckt dir nicht.
Dein Seewein täugt uns nicht!

's war in Rom. Der Tiber wälzte
Brummend die antiken Wogen:
»Höchst barbarisch 'rumgebuddelt
Wird mein Bett, was gar nicht schicklich.
Bei der Brücke sollten graben,

Würden Hüt' vieltausend finden,
Wie sie frohen deutschen Burschen
Von den Köpfen flogen, wenn sie
Nachts die Tiberbrück' passirten,
Finden manchen alten Adam,
Welchen wackre deutsche Männer,
Luther, Winckelmann und Goethe,
Hier in Roma ausgezogen.«

Deutsches Fräulein kam zur Wallfahrt.
Grethe hieß sie. Suchte Heilung
Sich durch Römerwundertropfen.
Innocentius der Elfte
War kein trüber Spaßverderber,
Schickt das schöne deutsche Fräulein
In des Vatikanes Keller,
Wo gar mancher gute Tropfen
Schweren Sorgen Lind'rung darbeut.

Grethe tritt in düstern Keller,
Sieht bei einem dünnen Talglicht,
Sieht den braven Kellermeister.
Wetter! Steht er da der Peter!
Und das schöne deutsche Fräulein
Liegt im Arm des Kellermeisters. –
Weidlich lacht der gute Papst, da
Er den Hergang hat vernommen.
Weise spricht er: »Petern acht' ich,
Ist kein dummer Schatzbewahrer,
Wie mein Bibliothekarjus,
Der der Bücherei Juwelen
Hütet ohne je zu stehlen,
Ja, gar ohne je zu borgen.
Nein, der kennt den Keller, den er
Treu und fleißig durchstudiert hat.
Einem so gelehrten Trinker
Wär' verwehrt 'ne Freiherrntochter,
Weil der Peter nicht von Adel?
»Wer am meisten trinken kann, ist –
Nach geweihter Sitte – König.«

Kann ich auch – anathema sit! – –
Leider nicht mehr König schaffen,
Kann ich doch zum Ritter schlagen.
Peter sei hinfüro Ritter,
Aber Kellermeister bleib er.
Kann für so ein feines Hofamt,
Nicht des Deutschen Namens missen.
Ritter sei er und zwar taxfrei!« –

Wieviel Fässer edlen Rheinweins
Bei der stillen Hochzeitsfeier
Lustig wurden verschlampampet,
Hat die dürft'ge Chronik leider
Uns genau nicht aufgezeichnet.
Eins nur weiß die Weltgeschichte:
Tags darauf – den »lendemain« nennt's
Die verfeinerte Gesellschaft –
Stieg der Häring hoch im Preis.

Friedrich Spielhagen.

Deine Männer, Weiber, Kind,
Allesammt aus *Platt*-Land sind.

Faßt das Gewehr an!

Erstes Buch. Erstes Kapitel.

Edgar klingelte.

Mariechen, das reizende Kammermädchen der Frau Doktor Pieseke, öffnete und schaute ihm innig mit verhaltener Liebe in seine treuen blauen Augen. Durfte sie ihm sagen, was sie fühlte? Durfte sie hoffen, daß er, das Ideal aller Frauen, Mädchen, Wittwen und Gräfinnen, sich herablassen werde zu ihr, dem in Niedrigkeit geborenen Wesen, einer Magd? Durfte sie?

Und doch! Sie konnte sich nicht völlig beherrschen und beim Ausziehen des Ueberziehers faßte sie krampfhaft nach seiner Rechten und drückte sie an sich, als wollte sie sie versenken in ihr Herz, wo es am tiefsten war.

– »Herr Edgar, ich liebe Sie!« rief sie mit der Inbrunst eines kindlichen Gemüths und schluchzend sank sie an seine Brust. Das ewig Weibliche!

Edgar glaubte zu träumen. Er betrat zum ersten Mal die Wohnung des berühmten Arztes, um denselben wegen eines schweren körperlichen Gebrechens zu konsultiren, und war auf so einen Empfang nicht vorbereitet. Sollte er das artige Kind ohne Trost in die Nacht seines armseligen Daseins zurückstoßen? Mußte er ihm nicht als Erlöser erscheinen und ihm ein Plätzchen gönnen in seinem weiten, unendlich weiten Herzen? Edgar war Demokrat und liebte das Volk auch in der niedrigsten Gestalt, auch in der Gestalt einer dienenden Magd. Aber er war nur zur Hälfte Demokrat. Er trug auf der feinen, weißen Linken einen Handschuh 6¾, auf der derben, haarigen Rechten einen Handschuh 9⅞. Zwei Seelen, ach!

Halb unbewußt, in der Güte seines Herzens drückte er das Mädchen ein wenig an sich und brach ihr dabei einige Rippen. Dann

betrat er den Salon, während Mariechen ihren Doppelschmerz ver-
biß und still daran ging, die Rübchen für das morgige Mittagessen
zu schaben.

Im Salon traf Edgar Gesellschaft. Die beiden Nichten der Frau
Doktor, Gisa und Riri, hatten am Sopha Platz genommen. Gisa
wurde roth, Riri blaß, als sie den schönen Mann erblickten. Auch
ein vernünftiger Mann war da, aber der schwieg und sagte nicht,
was er vom Benehmen der Anwesenden hielt.

– »Edgar, Du Loser,« sagte Gisa, nachdem die üblichen Vorstel-
lungsförmlichkeiten vorüber waren. »Auch ich bin noch unver-
mählt.«

Edgar lachte freudig auf, so daß zwei Reihen köstlicher Zähne
zum Vorschein kamen. Gisa war schön, auch Riri entbehrte nicht
der holden Reize, mit denen Mutter Natur ihre Lieblinge schmückt.
Wo sollte das hinaus? War denn Liebe ein Verbrechen? Sollte er
Türke werden und alle Beide heirathen? Auf seiner edlen Stirn wet-
terleuchtete es, während in seinem Gehirn sich die verschiedensten
Gedanken kreuzten. Doch mußte er Gisa nicht eine Antwort geben?
Was war doch der Gott der Glücklichen?

Edgar sprang mit geschlossenen Beinen über das elegante Sopha-
tischchen, zerdrückte mit eherner Faust eine Bronzestatuette auf
dem Kamin, erschlug mit dem abgeschnittenen Cigarrenende, das
er durch das offene Fenster nach dem großen Haushund warf, den
treuen Wächter des Hauses, und hob endlich mit einem leichten
Ruck die Zimmerdecke um einen Fuß höher, als wollte er sagen,
durch Nacht zum Licht. Was soll es bedeuten?

»Welch ein starker Mann,« rief Gisa mit zitternder Bewunderung,
welche inzwischen sich mit Riri in eine Fensternische zurückgezo-
gen hatte, das auf den Garten ging.

»Und ich kratze Dir die Augen aus, Gisa,« schrie Riri flüsternd ihrer Schwester in das fein geschwungene Ohr.

»Ich bin die Aeltere und werde es nicht zugeben, daß Du heira-
thest, bevor ich nicht einen kleinen Edgar auf meinen Knieen
schaukle. – O, Edgar,« wandte sie sich heftig erregt an den jungen
Recken, »mir allein bist Du nach den Darwinischen Gesetzen be-

stimmt, Du, der Geistvollste aller Männer, Du mein Alles, Du mein Distanzreiter.«

Edgar küßte die beiden jungen Damen, um keine von ihnen böse zu machen, gleichzeitig auf die Stirnen. Dann zog er aus seiner Westentasche einen niedlichen Revolver und schoß, ohne zu zielen, einer Fliege die große Zehe des linken Hinterfußes ab, die auf dem Ofen des Salons saß, der mit glühenden Kohlen gefüllt war.

Als Edgar sich, in tiefes Sinnen versunken, eben auf den Kopf stellen wollte, trat Mariechen ein und forderte ihn auf, ihr willig zu folgen. Das Blut schoß Edgarn zu den Schläfen. Wohin wird sie ihn führen?

Aber es war nicht an dem. Schon an der Schwelle des dritten Zimmers ließ Mariechen den Geliebten seufzend allein. War er allein? Auf dem schwellenden Divan des matt beleuchteten Zimmers, der mit rothem Sammet, seiner demokratischen Leibfarbe, überzogen war, lag im verlockendsten Frühanzuge Frau Doktor Pieseke. Sie drückte die Augen fest zu, um die Kühnheit nicht zu bemerken, die sie von ihm erwartete, und flötete mit ihren schwellenden Lippen: »Setzen Sie sich zu mir, lieber Edgar, ich will Ihre mütterliche Freundin sein. Oder schwesterliche? Oder sonst? Wollen Sie?« Und ohne seine Antwort abzuwarten, bedeckte sie ihm Augen und Ohrläppchen mit tausend Küssen.

– »Sie dürfen mich für kein verlorenes Geschöpf halten, Edgar,« sprach sie in den Pausen ihrer mütterlichen Ekstase. »Ich bin keine gemeine Französin – von Paul de Kock, durch dessen Lektüre ein deutsches Mädchen verdorben werden könnte. Nein, ich bin im Grunde meiner Seele ein braves deutsches Weib, das nur durch Schuld ihres Gatten so tief gesunken ist. Ich bin nicht gemein aus Gemeinheit, sondern aus Verzweiflung. Edgar, tröste mich!«

Edgar ging vor die Korridorthüre, um sich zu überzeugen, daß wirklich der Name des Doktor Pieseke auf der Messingtafel prangte. Nun erst vertrauend, daß er sich in einem anständigen Hause befand, kehrte er gesinnungstüchtig in das Schlafzimmer der Frau Doktor zurück. Auf dem Wege dahin steckte ihm noch die Köchin eine Knackwurst in die Tasche, die in ein zärtliches Briefchen eingewickelt war, und eine im Hause beschäftigte Nähterin wurde bei seinem Anblick ohnmächtig.

Als Edgar um Mitternacht das Haus des Doktors verließ, ohne ihn gesprochen zu haben, wälzte er träumerisch die vielen Frauennamen im Kopfe, die er heute wieder durch die Größe seines Geistes wie mit ehernen Banden an sein Dasein gefesselt hatte. Er war es schon gewohnt, daß alles Weibliche ihm zuflog und sich an seinem Lichte die Flügel versengte, wie die Motte an seiner Petroleumlampe. Es war unbegreiflich. Sogar die alte Portiersfrau erwachte aus ihrem unruhigen Schlummer beim Nahen seiner schweren Männertritte und streckte durch das Guckfenster verlangend die welke Hand nach ihm aus. Er gab ihr aber nichts Als er sich auf der Straße befand, öffnete er einen Brief von seinem Oheim, der merkwürdige Aufschlüsse über seine Vergangenheit enthielt. Edgar war mütterlicherseits adelig! Darum also die Feinheit seiner adeligen Linken, daher jenes unbeschreibliche Etwas, das ihm die Frauenwelt zu Füßen legte, daher der bestrickende Zauber seines Geistes, daher! Edgar war Demokrat, aber er wußte, daß wahre Noblesse nur beim Adel vorhanden sei. »Ohne Adel keine Noblesse,« dachte er geistreich in sich hinein.

Aber der Brief enthielt noch eine andere Nachricht. Dem Ochsen von den Gütern seines Urgroßvaters hatte vor kaum hundert Jahren die Lieblingskuh der damaligen Freiin von Hohenfels das Heu weggefressen. Edgar stöhnte auf, wie vom Dolch eines der im Berliner Thiergarten schleichenden italienischen Banditen getroffen. Er wollte es kaum Wort haben! Eine von Hohenfels war ja seine wahre, heißeste Flamme! Durfte er ihr als Demokrat seine Hand reichen? Und wenn, würde sie seine angebotene Hand annehmen, da doch nur seine Linke aristokratisch war? Und wenn, durfte er die von ihm angebotene und von ihr angenommene Hand ihr wirklich reichen, der Erbfeindin seines Geschlechts? Diese drei Fragezeichen brannten auf seinem Herzen und standen auf der Decke über seinem Bette geschrieben, als er sich schlaflos zur Ruhe legte, und verfolgten ihn in den Träumen und klapperten des Morgens mit den Regentropfen an die Fensterscheiben seines Zimmers, die vom grauen Himmel niederfielen. Mit drei Konflikten stand er auf, billiger that er's nicht.

Viertes Buch. Letztes Kapitel.

Taubstumm! – – –

Hoch gingen die Wogen des tollen Jahres 1848. Auf allen Straßen, in Wald und Flur und in den Kneipen war nur ein Gedanke lebendig, der Gedanke an das Ziel der demokratischen Partei. Männer und Frauen ohne Unterschied der Konfession betheiligten sich an politischen Kontroversen, nur ein Weib saß einsam auf dem alten Thurmzimmer des maurischen Schlosses in der Viktoriastraße und sann – und sann. War es möglich? Taubstumm! Der edelste seines Geschlechts, dem alle Frauen der Residenz die geistreichsten Worte von den Lippen und die kühnsten Thaten aus den Augen gelesen hatten, Edgar taubstumm! Bei der Aushebung hatten sie's entdeckt, die prosaischen Militärärzte, daß der schöne Edgar diesen Fehler hätte, und hatten ihn nicht zum Soldatendienste zugelassen. Waren denn alle Frauen blind gewesen? Edgar taubstumm! Das war das Ende.

Ja, das Ende! Es nahte heran mit Riesenschritten, denn das Unglück schreitet schnell. Auf dem Alexanderplatz stand Edgar hoch oben auf der Barrikade. Die alten Zweifel zogen ihn auf beiden Seiten herunter. Mit der haarigen Rechten winkte er den Bataillonen der düsteren Arbeiter, während er mit der feinen Linken die befreundeten Offiziere aus dem Heere des Königs grüßte. Da erscholl das Kommando: »Faßt das Gewehr an!« Das Ende! das Ende! In diesem Augenblicke flog Melitta eben in einem Luftballon über den Alexanderplatz und stürzte kopfüber ihrem leider so taubstummen Bräutigam entgegen, der sie mit seiner nervigen Rechten auffing, im Hause nebenan erfolgte eine Gasexplosion und schleuderte Gisa auf die Barrikade, die sich in jenem Hause eben zu Besuch befand, und zehn Schritte von seinem Standplatze entfernt erblickte er die Portiersfrau als Petroleuse, während die freigebige Köchin im Arbeiterheere Speisen umhertrug; in demselben Augenblicke schleppten die Demokraten zur Vervollständigung der Barrikade eine Droschke heran, in welcher, bleich vor Schrecken, Frau Doktor Pieseke saß; in demselben Augenblicke grüßte ein junger Husarenoffizier, in welchem Edgar die schöne Riri erkannte, während Mariechen die entstellende Arbeiterblouse dazu benutzte, um unter dem Scheine jugendlicher Schwärmerei ihren Geliebten umarmen zu können. Die Nähterin saß am Fuße der Barrikade und nähte Binden für die Verwundeten.

– »Feuer!« ertönte furchtbar das Kommando von beiden Seiten.

Die Wirkung war gräßlich. Keine Kugel ging vorbei. Die auf der Barrikade Stehenden waren von Kugeln völlig durchlöchert. Kein Mensch blieb am Leben, um erzählen zu können, was der Katastrophe vorhergegangen war.

Nachschrift.

Meine Leser wünschen einen anderen Ausgang? O diese Menschenliebe! Wie schätze ich meine Leser darum! Sie befehlen, ich gehorche. Man muß es allen recht zu machen suchen.

Der leicht verwundete Edgar wurde dem Taubstummen-Institut zur Pflege übergeben und geheilt. Er und Melitta wurden ein glückliches Paar. Als er nach kurzer Zeit die ersten Worte sprach, wunderten sich alle Damen der Residenz, daß sie ihn einst für einen geistreichen Mann gehalten hatten. So verlor Melitta ihre Nebenbuhlerinnen.

Richard Wagner.

Der Mensch auf seinem Gipfel ist
Genie und Narr zur selben Frist.

Der unbewußte Ahasverus

oder

Das Ding an sich als Wille und Vorstellung.

Bühnen-Weh-Festspiel in drei Handlungen[23] .

In Anbetracht des insonderheit providentiellen Umstandes, daß Mein aus Gold und Elfenbein allein im Mittelpunkt der Erde herzustellendes, für die mimo-plasto-canto-chronische Aufführung Meines neuesten Wunderwerkes gewidmetes Allgebäu »Asyl für Wahnfriedlinge« durch die ihrer Natur nach essentielle Zugeknöpftheit der durch Mich aus ihrem Nichtsein zum theilweisen Sein zu wecken versucht gewordenen Jüden nicht in der für Mein Da-und-vorhanden-sein gesetzten Zeit zu Stande gekommen ist, theile ich Mein Drama als Buch Meinen Lesern mit. Niemand wird es verstehn, und so einer behauptet, er verstehe Mich, so lügt er; denn Meines gleichen wächst nicht. Für höher entwickelte Wesen künftiger Epochen theile Ich jedoch schon im 19. Jahrhundert dieser gegen Meine Größe verschwindenden Zeitrechnung mit, daß in der Ganzheit dieses musikalischen Werkes vor Allem der große Gedanke sich ausstrahlen wird, daß nicht nur die Jüden im Allgemeinen, sondern der »ewige Jude« besonders etwas höchst Antimusikalisches ist, so daß Ich sein der Tiefe der musikalischen Spekulation feindliches Wesen am Besten durch eine die Grenzen des unmusikalisch-Erreichbaren hinter sich lassende Thonthat dargestellt habe. Der historischen Echtheit wegen habe Ich nicht gezögert, an den geeigneten Stellen Motive aus – mit Respekt zu melden! – Mendelssohn und Meyerbeer, natürlich gewaltig umgearbeitet, anzubringen. Uebrigens sehe Ich nicht ein, warum Ich Meine Leser eines weiteren Wortes würdige.

Erste Handlung: Die walkyrige Großmutter.

(Ein wabernder Wald. Aus finsterer Ferne hört man Hiefhörner schauerlich schallen. Die Musik deutet deutlich an, daß die Handlung anno 1781 spielt, dem Geburtsjahre der Kritik der reinen Ver-

---

[23] Mit verdeutschenden Anmerkungen von Heinrich Porges und Hans von Wolzogen.

nunft. Sie schwillt immer schwerer an. Wie sie am schwersten ange-
schwollen, tritt auf:)

Das Ding an sich.

Frühlingsfriesel füllt mich mit Freude,
Jung ist das Jahr und jach die Jungfrau.[24]
Mich sehrt die Sehnsucht schon sechzehn Sommer
Nach Liebe und Lust, nach lockendem Lab.
Wann kommt der Recke? Wann kommt er zur Keuschen?
Heihei, wie so heiß! Eiei, wie so eisig!
Weh mir! Ich möcht einen Mann umarmen!
So denket und dichtet das deutsche Mädchen
In drangvollen Dramen des deutschesten Dichters.

Ahasverus*(tritt grundlos auf).*

Lailala lai! Lailala lai![25]

Das Ding an sich.

Ein Mann! Mich minnert's!
Freislicher Frost rüttelt und rückt mich!
Hoihi! heillose Hitze!
Weitherer Wandrer, willst Du mich weiben?

Ahasverus*(erschreckt).*

---

[24] Das J als Stabreim bedeutet Kraft, Muth, Feuer, z. B. das muthige Jagdpferd,
der Jaguar, der Ruf Jucheh. Die Jüden haben kein Recht auf diesen ehrenden
Stabreim, denn sie heißen eigentlich Hebräer.

[25] Lailala lai! Wer die ganze Tiefe und Schönheit dieses Rufes nicht im Herzen
fühlt, dem wird der Apostel des Meisters umsonst mit tausend Zungen predi-
gen. Der Stabreim L bedeutet hauptsächlich Kummer (daher auch: Leid, Leber-
krankheiten, Lampenfieber, Lehrgedicht, Lungenentzündung, Linsensuppe
u. ähnl.), das a ist der älteste Vokal und als solcher der natürliche Vokal des
ältesten Menschen. Also: lai = der Kummer des ältesten Menschen, d. h. der
Wehruf des ewigen Juden.

Lailala lai! Du liebliches Laster,
Du taumelnde Thörin, Untugendteufel!
Wohl wollt ich Dich weiben, doch die Nornen verneinen's.

Das Ding an sich.

Die Nornen? Nanu!

Ahasverus.

Nebbich, die Nornen!
Furchtbarer Fluch läßt mich leben
Endlos elend, ewig eklig.
Nur wenn was weset, was länger weilet,
Als mein lustloses Leben, so wird mir Erlösung.
Und wenn ich unweise mich wollte verweiben,
Nie würd' ich Wittwer, es fiele mein Fluch
Aufs walkyrige Weib, kieset' ich's kühnlich.
Doch Scheusal scheint mir ewige Ehe.
Drum laß mich ledig, froh launende Lockmaid!
Der ewigen Jüdin ewiger Jude
Sollend und habend zu sein und zu heißen
Bis zum Ende der Dinge, – verdammter Gedanke!
Nun weißt Du mein Wehsal. Leb wohl, Wunschmaid!

Das Ding an sich.

Mein Herr! Mein Hort! O hilf, erhör' mich!

Ahasverus(*blickt sie liebend, durchdringend an; sie zittert*).

Das Ding an sich.

Hoihi! Wie hitzig blabbert mein Blut!

(*Ahasverus' Blicke werden noch durchdringender; sie zettert.*)

Hoihi, Heilloser! Wie wird mir? Wüster!

(Ahasverus durchdringt sie vollständig mit seinen Blicken; sie zabbert).[26]

Hoihi! Du Höllholder! Hoihi! Haha!
Griesender Graus! Großmutter fühl' ich mich.[27]

Zweite Handlung. Wahnfried Wurmsaamen.

Wahnfried*(der spreizende Sproß aus seiner Großeltern
platonischer Liebe. Sehr arm und hoffnungslos, da er
seinen Vater und Großvater, den ewigen Juden, niemals
beerben kann).*

Lailalalailala laila!
Filzigen Vaters einziges Erbe,
Wohlige Wurmsaamenweis'!
Den Feldruf des Vaters zum Leiblied verlängernd
Durchzieh' ich die Zonen mit zähem Gezirpe.[28]
Was ich will, was ich bin? Wer's wüßte, wär' weise.
Mein Gehirn ist heillos verhext und verhegelt.
Wer klug wird aus Wahnfried, weiß Kerne zu knacken.
Ha, ein Wurm, ein winselnder Wicht!
Gleich will ich ihn würgen, den wabbligen Wurm.
Lailalalailala lailai!

*(Er wiederholt die Wurmsaamenweis' 999mal. Nach dem
ersten Drittel lacht der Wurm, nach dem zweiten Drittel*

---

[26] Sie zabbert. Das ist eines jener Worte, welche unter der Decke des teutschen
Nationalgeistes seit Jahrtausenden geschlafen haben. Es fehlte uns bisher dieses
Wort. Da kam der Meister und schenkte es uns. Was es bedeutet? Mein Gott:
»zabbern«.

[27] Sie fühlt sich Großmutter vom bloßen Blick. Wie keusch, wie sinnig, wie
teutsch. Und sie fühlt sich nicht erst Mutter, sondern gleich auf einmal Großmutter. Wie titanisch, wie unerhört!

[28] Der Stabreim Z bedeutet immer etwas Unangenehmes, wie: Zwiebel, etwas
Spitzes, wie: Zahnstocher; kurz, einen Gegenstand des Abscheus (Zorn, Zoll,
Zumpt, Zehrfieber). Daß die Vögel zwitschern, ist ein Irrthum der Natur.

windet er sich, beim 999sten Mal stirbt er. Wahnfried
brät seine Leber; nachdem er sie genossen, versteht er den
Contrapunkt und hört die Engel pfeifen.)

So ergeh' es dem ganzen Gegimpel der Gegner,
So furchtbar falle der Wahnfriedfeind.

Dreite[29] Handlung: Retterdämmerung.

Wahnfried*(lauscht an einem selbsterfundenen Pantomikrophon,*
das er in den glühendflüssigen Tiefen der Erde versenkt hat.
Plötzlich bricht er in brausenden Jubel aus).

Entdeckt! entdeckt! der Donner der Erde
Das Winseln des Weltalls ich kies' es zum Kosen.
Was im Wogen der Welt verwirbelt, verwickelt
Nur leise lispelt, ich hab' es erlauscht.
Aus dem Quarren und Quaken, dem Quiseln und Quängeln,
Aus dem Plärren und Plappern, dem Planschen und Planschen,
Aus dem Rasseln und Reiben und Raunzen und Rollen[30] ,
Aus dem Paffen und Puffen und Pedden und Poltern,
Aus dem Miauen und Maulen und Mucken und Murren[31]
Wahrnahm' ich Wunderkind Weltenbewegung!
Ich höre der Erde Hasten und Eilen,
Höre unendliche Harmonie!
Dauermelodie!

Ahasverus*(dankbar herzutretend).*

---

[29] Ganz einfach. zwei – zweite, – drei – dreite. Nur der Meister vermag so der teutschen Sprache unter die Arme zu greifen.

[30] Der Stabreim R ist immer musikalisch. Daher Richard.

[31] Das M bedeutet das Mühsame, Gequälte, so Meyerbeer, Mendelssohn, auch Mozart.

»Nur wenn was weset, was länger weilet,
Als mein lustloses Leben, so wird mir Erlösung.«[32]
Nichts währet lieber und weilet länger
Als, Wahnfried, Dein wuchtiges Wundergeword'nes,
Deine dunkle Dauermelodie.
Sie ist so unendlich, daß der ewige Jude
Wie ein Kind sich vorkommt.
Erlöst durch die Länge des laubgrünen Liedes
Wall' ich nach Walhall, wenn die Würgengel Wagners[33]
Den Hebräer Ahasver nicht hinterrücks hecheln.
Steht still, staubstarrende Stiefel. Ich sterbe!
Dauermelodieendichter, hab' Dank!

(Ahasverus ist von seinem Fluche erlöst und stirbt.)

---

[32] Der ewige Jude wird durch des Meisters unendliche Melodie erlöst. Himmlisch! Und seine elenden Glaubensgenossen erweisen sich nicht einmal dankbar dafür. Der Meister ist zu gut für sie.

[33] Der Stabreim W bedeutet die Gottheit, wie: Walhall, Wotan, Wolkenkukuksheim, Wille, Witzliputzli. Darum: Wagner. Siehe: Richard.

Über tredition

Eigenes Buch veröffentlichen

tredition wurde 2006 in Hamburg gegründet und hat seither mehrere tausend Buchtitel veröffentlicht. Autoren veröffentlichen in wenigen leichten Schritten gedruckte Bücher, e-Books und audioBooks. tredition hat das Ziel, die beste und fairste Veröffentlichungsmöglichkeit für Autoren zu bieten.

tredition wurde mit der Erkenntnis gegründet, dass nur etwa jedes 200. bei Verlagen eingereichte Manuskript veröffentlicht wird. Dabei hat jedes Buch seinen Markt, also seine Leser. tredition sorgt dafür, dass für jedes Buch die Leserschaft auch erreicht wird.

Im einzigartigen Literatur-Netzwerk von tredition bieten zahlreiche Literatur-Partner (das sind Lektoren, Übersetzer, Hörbuchsprecher und Illustratoren) ihre Dienstleistung an, um Manuskripte zu verbessern oder die Vielfalt zu erhöhen. Autoren vereinbaren direkt mit den Literatur-Partnern die Konditionen ihrer Zusammenarbeit und partizipieren gemeinsam am Erfolg des Buches.

Das gesamte Verlagsprogramm von tredition ist bei allen stationären Buchhandlungen und Online-Buchhändlern wie z. B. Amazon erhältlich. e-Books stehen bei den führenden Online-Portalen (z. B. iBookstore von Apple oder Kindle von Amazon) zum Verkauf.

Einfach leicht ein Buch veröffentlichen: **www.tredition.de**

Eigene Buchreihe oder eigenen Verlag gründen

Seit 2009 bietet tredition sein Verlagskonzept auch als sogenanntes "White-Label" an. Das bedeutet, dass andere Unternehmen, Institutionen und Personen risikofrei und unkompliziert selbst zum Herausgeber von Büchern und Buchreihen unter eigener Marke werden können. tredition übernimmt dabei das komplette Herstellungs- und Distributionsrisiko.

Zahlreiche Zeitschriften-, Zeitungs- und Buchverlage, Universitäten, Forschungseinrichtungen u.v.m. nutzen diese Dienstleistung von tredition, um unter eigener Marke ohne Risiko Bücher zu verlegen.

Alle Informationen im Internet: **www.tredition.de/fuer-verlage**

tredition wurde mit mehreren Innovationspreisen ausgezeichnet, u. a. mit dem Webfuture Award und dem Innovationspreis der Buch Digitale.

tredition ist Mitglied im Börsenverein des Deutschen Buchhandels.

Dieses Werk elektronisch lesen

Dieses Werk ist Teil der Gutenberg-DE Edition DVD. Diese enthält das komplette Archiv des Projekt Gutenberg-DE. Die DVD ist im Internet erhältlich auf **http://gutenbergshop.abc.de**